세상의
스무 살을
만나다

세상의
스무 살을
만나다

발행일 2013년 4월 1일

지은이 김다은
펴낸이 임후남
디자인 올디자인

펴낸곳 생각을담는집
주 소 서울시 양천구 목동 917-9 현대41타워 3903
전 화 02-2168-3787
팩 스 02-2168-3786
전자우편 mindprinting@hanmail.net

978-89-94981-25-3 43800

대학 진학 대신 아시아 8개 국을 170일 동안 여행하면서
길에서 만난 스무 살들의 꿈을 인터뷰한 스무 살 여행기

세상의
스무 살을
만나다

지은이 김다은

세상의 스무 살은 어떻게 살아가고 있을까?
그들은 어떤 꿈을 갖고 있을까?
고등학교를 졸업하면 꼭 대학에 가야 하는 걸까?
스무 살 여행은 그렇게 시작됐다.
일본을 첫 번째로 필리핀, 동티모르, 인도네시아, 태국,
라오스, 말레이시아, 캄보디아 등 총 8개 국을
170일 동안 여행하면서 열세 명의 스무 살을 만났다.
때로는 꿈을 이루기 위해 노력하는 스무 살도 만났고,
꿈을 꾸는 것이 사치라고 생각하는 스무 살도 만났다.
막막하기만 했던 내 스무 살에 그들의 스무 살은 위로가 됐으며,
스승이 됐다. 뿐만 아니라 길에서 만난 또 다른 삶은
세상에는 내가 알지 못하는 너무나 많은 삶이 있다는 것을 알게 해줬다.
그리고 나는 확인했다.
길에서 만난 스무 살들과 수많은 삶들을 통해 꿈이야말로
삶의 가장 큰 원동력이라는 것을.

맘껏 꿈꾸며 살아갈 수 있도록 곁에서 지켜봐 주신 부모님과

가장 친한 친구인 언니, 사랑으로 보듬고 힘들 때마다

꼭 필요한 조언을 해 주시는 간디학교 교장선생님이셨던

양희창 선생님과 다른 선생님들, 그리고 여행에 눈 뜨고

이 인터뷰 여행을 할 수 있도록 도움 주신

임영신 선생님과 이메진피스,

사진을 쓸 수 있도록 마음 써주신 임종진 기자님,

책이 나오도록 기회를 주신

생각을담는집 대표님께 깊은 감사를 드립니다.

언제나 지지를 보내는 친구들과

세상을 더 아름다운 곳으로 만들기 위해 애쓰는 모든 분들에게,

고맙습니다!

2013년 3월

김다은

Contents

☆

☆

170 뿌인 모뚜

154 제니퍼 페더슨

208 통 마우아

212 정다움

216 최수빈

234 쳉 사룸

지구촌에 사는
스무 살을 만나는 여행

왜 고등학교를 졸업하면 모두 다 대학을 가야 하는 걸까.

나는 정말 배우고 싶은 게 생기면 대학에 가야겠다고 생각했다. 고등학교를 졸업하고 대학에 가지 않은 나를 보고 주변 사람들은 이상한 눈으로 바라봤지만 개의치 않았다.

또래 아이들이 모두 대학을 다니거나 재수를 할 때 나는 평소 배우고 싶었던 일본어를 배우고 짬짬이 아르바이트를 하면서 시간을 보냈다. 그러나 그것에도 한계는 있었다. 때로는 무엇을 해야 할지 몰라 당황하고, 두려움에 떨기도 했다. 미래는 너무도 불투명하고, 누구도 걸어보지 않은 안개 자욱한 길을 나 혼자 걸어가고 있는 듯한 느낌이었다.

어렸을 땐 이십대가 되면 어른이 되는 줄 알았다. 너무나 커보였던 이십대. 그러나 듬직한 '어른'이 될 줄 알았던 스무 살이 된 나는 스무 살의 겉모습을 한 아이였다. 처음엔 이런 나 자신에게 실망했다. 하지만 주변의 친구들을 보면서 이것이 결코 나에게만 일어나는 일이 아니란 걸 알 수 있었다. 나 역시 새로운 상황에 적응하고, 그 과정에서 아파하고, 고민하는 수많은 스무

살 중 하나였던 것이다.

그래서 더 많은 스무 살을 만나보고 싶어졌다. 나와는 다른 환경에서 자라, 다른 생각을 하고, 또 다른 미래를 그리고 있을지 모르지만 비슷한 시기에, 비슷한 고민 속에 살고 있는 그들을 만나 함께 고민을 나누고, 앞으로 어떻게 살면 좋을지 그 답을 찾아보고 싶었다.

어떻게 어디를 여행할까 생각하다 고등학교 시절, 동티모르에서 6개월간 했던 인턴십이 떠올랐다. 그리고 고등학교 평화수업 시간에 들었던 피스보트도 떠올랐다. 우선 가까운 일본에 가서 피스보트 사무실부터 찾아가고, 필리핀, 태국, 동티모르 등 동남아시아를 중심으로 비자 기간에 맞춰 여행을 계획했다. 그 여행길에서 자연스럽게 만나는 이들 중 스무 살을 만나면 인터뷰하기로 했다.

두 달 정도 여행을 준비하는 동안 대략 일정이 나왔다. 여행 기간은 총 6개월. 여행 코스는 일본을 시작으로 필리핀, 동티모르, 인도네시아, 말레이시아를 거쳐 태국, 인도까지 갈 계획이었다. 여행방법은 공정여행. 세상을 여행하는 데에는 다양한 방법이 있겠지만, 내가 선택한 방법은 공정한 여행이었다. 공정여행을 한다고 해서 그것과 다른 여행을 하는 사람은 모두 불공정여행을 하고 있다는 뜻은 아닐 것이다. 다만 관광산업이 가져온 많은 문제들에 의해 고통을 받는 사람들이 존재하는 상황에서 나는 그들의 아픔을 더 키우지 않았으면 했다. 아름다움을 즐기고 여유를 부리되, 나의 행복이 다른 사람의 고통 위에 자리 잡아서는 안 된다고 생각했다.

외국에서는 '윤리적 여행', '생태여행' 등의 개념으로 이미 오래 전부터 정리되고 있던 개념을 조금 다르게 접근한 것이 바로 공정여행이다. 처음 공정여행이라 이름을 붙인 사람들과 함께 이야기를 나눌 기회가 있었는데, 이후 나는 새로운 방식의 여행에 대해 배우고 많은 생각을 했다.

그리 거창한 것은 아닐지라도 작은 시도로 나와 내가 여행할 곳의 사람들이 삶이 변화할 수 있다는 그 가능성을 믿고 싶었다. 그래서 그들이 제시한 공정여행자가 되는 10가지 방법을 늘 생각하며 여행하기로 마음먹었다.

그리고 마침내 2009년 10월 25일 나는 일본행 비행기에 몸을 실었다.

공정여행자가 되는 10가지 방법

1. 지구를 돌보는 여행 : 비행기 이용 줄이기, 1회용품 쓰지 않기, 물을 낭비하지 않기

2. 다른 이의 인권을 존중하는 여행 : 직원에게 적정한 근로조건을 지키는 숙소, 여행사를 선택하기

3. 성매매를 하지 않는 여행 : 아동 성매매, 성매매 골프관광 등을 거부하기

4. 지역에 도움이 되는 여행 : 현지인이 운영하는 숙소, 음식점, 가이드, 교통시설 이용하기

5. 윤리적으로 소비하는 여행 : 과도한 쇼핑을 하지 않기, 공정무역 제품 이용하기, 지나치게 깎지 않기

6. 친구가 되는 여행 : 현지 인사말을 배우고 노래와 춤 배우기, 작은 선물 준비하기

7. 다른 문화를 존중하는 여행 : 생활 방식, 종교를 존중하고 예의 갖추기

8. 상대를 존중하고 약속을 지키는 여행 : 사진을 찍을 땐 허락을 구하고, 약속한 것을 지키기

9. 기부하는 여행 : 적선이 아니라 나눔을 준비하기. 여행 경비의 1%는 현지의 단체에!

10. 행동하는 여행 : 세상을 변화시키는 여행!

《희망을 여행하라(소나무 출판사)》 중에서

일본

평화를 여행하는 친구들을 찾아

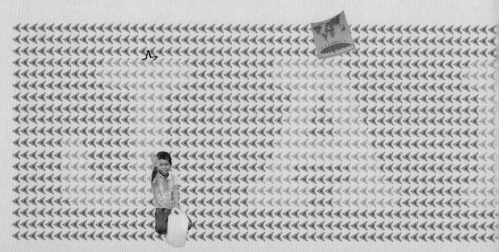

평화를 여행하는 사람들
피스보트

STORY 01

처음 일본에 가는 것이 아닌데도 혼자 떠나는 첫 여행이라 많이 떨렸다. 마치 혼자 처음 버스를 타는 아이처럼 두려웠다고나 할까. 다행히도 일본어를 우연히 배운 덕분에 길을 잃어버릴 염려를 한 건 아니었지만, 앞으로 6개월 동안 하게 될 여행이 어떻게 흘러갈지도 모르는 일이고, 불확실한 미래에 대한 막연한 두려움도 여전했다.

걱정과 기대를 함께 안고 찾아간 일본은 친근했다. 말은 달라도 한국과 비슷한 점도 많고, 음식도 맛있었다. 눈에 불을 켜고 한자로 쓰인 역이름을 찾아 지하철을 타고 온 신경을 집중해 역 이름을 듣고 내려야 해서 피곤했지만, 한국의 지하철 풍경과는 비슷한 듯 다른 일본의 지하철안 풍경을 그냥 멍하니 바라보고 있는 것도 재미있었다.

이메일 주소 하나와 머릿속에 입력되어 있는 약도만을 가지고 일본의 최대 번화가인 신주쿠에서 피스보트Peace Boat 사무실을 찾아가는 것은 결코 쉬운 일이 아니었다.

신주쿠, 하면 한국에서도 출간된 만화 《심야식당》이 가장 먼저 떠오른다. 어둡고 으슥한 신주쿠의 좁은 뒷골목에 자정이 되면 여는 밥집 '심야식당'에서 일어나는 이야기. 정해진 메뉴라곤 5~6개가 전부지만 '재료가 있다면 가능한 요리'가 다 메뉴가 되기 때문에 이 집의 메뉴는 그 어떤 식당보다 다양하다. 그 메뉴 만큼 눈길을 끄는 것은 이곳을 찾는 다양한 손님들이다. 동양 최대 환락가인 신주쿠 가부키쵸에 있기 때문에 야쿠자, 엔카일본의 대중가요 가수 지망생, 게이바 사장들이 이 식당을 찾아왔다. 그들의 사연과, 그들이 먹는 소박한 요리 이야기를 하는 만화책은 읽으면 읽을수록 사람의 정이 느껴지곤 했다. 내게 신주쿠는 그런 사람들 냄새가 가득한 곳이었다.

하지만 지하철에서 내려 신주쿠 거리로 나왔을 때 내 앞에 펼쳐진 신주쿠는 《심야식당》에 나왔던 그 신주쿠가 아니었다. 동쪽과 서쪽으로 한쪽은 현란하고, 화려하고, 때때로 무섭기까지 한 유흥가가 즐비했고, 또 다른 한쪽은 고층 건물들이 가득했다. 내가 만화에서 본 익숙한 신주쿠는 바로 유흥가 쪽이었다. 나는 다른 쪽 낯선 고층 건물들 속에서 피스보트 사무실을 찾아야 했다.

살짝 내리고 말 줄 알았던 비는 야속하게도 계속 굵어져만 가고, 약속

첫 여행지 일본 도쿄. 나는 과연 이 여행을 잘 마칠 수 있을까? 내 마음은 설렘과 두려움 반 반이었다. 사람들이 가장 많이 간다는 이노카시라 공원에서.

시간은 다 되어 가는데 피스보트를 알리는 간판은 어디에도 보이지 않았다. 내 머릿속 약도는 분명히 파친코 건물 옆이었는데 어디에도 피스보트를 알리는 간판은 보이지 않았다. 파친코 앞을 열 번 이상 왔다 갔다 한 후였을까? 무심코 고개를 돌리다 보니 한 건물 지하 계단 입구에 노란색 바탕에 파란 글씨로 쓰인 '피-스보-트'라는 간판이 붙어 있었다. 드디어 찾았구나!

나는 여느 중고등학교와는 조금 다른 대안학교를 다녔다. 대안학교는 저마다 다른 철학과 교육과정을 가지고 운영하고 있는데, '아이는 더 많이 놀고, 자유로운 환경에서 자라야 한다는 생각에서 만들어진 학교'가 바로 대안학교다. 덕분에 나는 일반 학교에서는 배울 수 없는 조금 특별한 과목들을 배웠는데, 그 중 하나가 '평화'였다. 평화라는 걸 꼭 배워야 하나 생각했던 나는 특별한 기대 없이 첫 수업을 맞았다. 그런데 그날, 제천의 아주 깊은 산골짜기에 있는 우리 학교를 찾아오신 평화운동가이자 공정여행가인 임영신 선생님은 나의 예상과는 달리 흥미진진한 자신의 여행 이야기를 하나씩 차근차근 풀어놓으셨다.

선생님은 2003년 미국의 이라크 침공에 반대하며 인간방패로 이라크를 방문해 그곳에서 전쟁의 처참함을 목격하고 돌아와 세계 곳곳에서 평화를 만들고자 노력하는 사람들을 만나기 시작했다고 했다. 그 사람들이 만든 단체들을 방문하며 평화란 무엇인가 끊임없이 고민하고, 그 답을 구하고자 노력하고 있다는 선생님의 이야기를 들으며 비록 내가 직접 만나보지 않고, 이야기를 나누어 보지 않았음에도 불구하고 그 사람들의 모습이 눈앞에 생생하게 그려졌다. 그때 선생님께서 말씀하신 단체 중 하나가 바로 피스보트다.

피스보트는 말 그대로 평화를 여행하는 배이다. 피스보트는 1983년, 일본 정부가 역사 교과서에 일본의 '침략'을 '진출'로 바꾸려고 할 때, 그게 과연 진실인가 의문을 가졌던 대학생 10여 명에 의해서 시작됐다. 그들은 교과서에서 말해주기는커녕 오히려 왜곡하려는 역사의 현장을 직접 방문하고, 그곳 사람들에게 일제 강점기 시절을 듣기 시작했다. 처음 시작했을 땐 1년에 한 번 정도 3개월, 혹은 6개월씩 세계 일주 항해를 했지만, 1990년대부터는 매년 3번 정도 세계 일주를 해오고 있다.

피스보트가 평화를 여행하는 배라는 점에서 갖고 있는 의미도 크지만, 사실 내가 더 관심을 가졌던 것은 피스보트 선상에서 진행되는 프로그램이었다. 프로그램 중에는 평화에 대해 다른 이들보다 좀 더 깊이 공부하고 싶은 '지구대학'이 있고, 사람들이 원하는 것들을 할 수 있는 플랫폼인 '자주기획'이 있으며, 그 외에도 다양한 주제를 가진 강연이 있는데 그 모든 것들이 정말 매력적으로 들렸다.

처음 피스보트에 대한 이야기를 들었을 때는 정말 설렜다. 이야기를 들으면서 벌써 피스보트에 올라 세상을 여행하고 있는 나의 모습을 상상했을 정도로 말이다. 하지만 안타깝게도, 거대한 크루즈로 여행하는 피스보트에 오르는 데에는 아주 큰돈이 필요했다. 당시 고등학생이었던 내가 용돈을 모으고, 아르바이트를 해서 모으기엔 너무 큰돈이었다. 그래서 잠시 꿈을 접을 수밖에 없었다.

그런데 세상의 스무 살을 만나기 위한 아시아 여행을 계획하다 보니 내 마음의 피스보트가 툭하고 튀어나왔다. 직접 피스보트에 올라 여행은 할 수 없더라도 평화의 항해를 가능케 하는 사람들을 만나보고 싶었다. 그 가슴 뛰는 일을 하고 있는 사람들이 어떻게 일하는지도 궁금했고, 그 사람들은 어떤 사람일지도 궁금했다. 그 모든 것들을 더 이상 책에서만 읽기보다는 내 두 눈으로 확인하고 싶었다. 그리고 그 안에서 스무 살

© lahlo

피스보트에 오르는 사람들은 단지 배를 타고 세계 일주를 하기 위한 것이 아니다. 그곳에서 이루어지는 다양한 프로그램은 세계 평화를 위한 것들이고, 그들은 피스보트를 통해 세계 평화를 향한 걸음을 내딛는 것이다.

을 만나고 싶었다. 나의 첫 세상의 스무 살 인터뷰 대상자는 바로 피스보트에서 일하는 스무 살이었다.

피스보트 사무실에서 가장 눈에 띄는 것은 벽에 붙어 있는 포스터들과 한쪽 벽면을 가득 채운 커다란 세계지도, 그리고 그 위에 일본 시각과 현재 피스보트가 있는 곳의 시각을 알리는 두 개의 시계였다. 역시 세계 여행을 기획하고, 그 여정을 실행해 나가는 사람들의 사무실답다는 생각이 들었다.

잠깐 숨을 고르면서 사무실을 둘러보고 나니 미리 인터뷰 약속을 한 치카와 통역을 자처하신 자원활동가 한 분이 나를 맞이했다. 여행을 하면서 자연스럽게 스무 살을 만나 인터뷰하자고 생각했지만, 처음이다 보니 약간 두려운 생각도 들어 피스보트 사무실에 미리 연락해서 자원활동가 중 스무 살인 사람을 인터뷰하게 해달라고 부탁했었다.

어떤 질문을 할지 준비는 했지만, 어떻게 질문하고 어떻게 이야기를 이끌어 나갈지에 대한 고민은 부족했던 탓에 인터뷰는 상당히 어색하고 자연스럽지 못했다. 그럼에도 불구하고 치카는 나의 질문에 자신의 이야기를 조근조근 풀어나갔다. 치카의 이야기를 들으면서 인터뷰하길 참 잘했다는 생각이 들었다.

사실 인터뷰 프로젝트를 준비하면서 과연 이 일을 하는 것이 좋을까 고민도 되고, 무엇보다 내가 사람들을 만나서 깊은 이야기를 나누는 것이 가능할까 하는 생각을 했었다. 인터뷰이 섭외는 잘 될까, 이야기는 잘

피스보트 사무실에서는 자원활동을 통해 뱃삯을 낮출 수 있어 많은 사람들이 자원활동을 하기 위해 찾아온다.

통할까. 이런저런 걱정이 많았는데 치카와의 첫 인터뷰를 통해 그런 걱정들을 훌훌 털어버릴 수 있었다. 빨리 더 많은 스무 살들을 만나 더 많은 이야기를 들었으면 좋겠다는 생각으로 가슴이 설렐 정도였다.

치카와의 인터뷰가 성공적이었음에도 불구하고 헤어질 무렵이 되자 뭔가 아쉬웠다. 내가 피스보트 사무실을 찾아간 시간은 오후 8시. 치카와 인터뷰를 한 것 말고는 더 많은 피스보트 사람들과 만나지 못했던 것이다. 혹시 내일 다시 와 자원활동을 하면서 사람들을 만나보면 어떨까 묻자 그들의 대답은 "물론이지!"였다.

피스보트는 매번 항해 기간과 그에 따른 운임이 다른데 일반 관광객은 1500만 원이 넘는 돈을 내야 한다. 그러나 도쿄 피스보트 본부나 일본에 있는 7군데의 지역센터에서 자원봉사 활동을 하면 시간당 계산을 해 경비의 일부를 면제받을 수 있다.

이튿날 다시 찾은 피스보트 사무실에서 내가 한 일은 커다란 테이블에 대여섯 명이 함께 둘러앉아 포스터를 정리하는 일이었다. 길거리나 가게에 포스터를 붙이는 사람이 최대한 편하고 빠르게 붙일 수 있도록 포스터에 양면테이프를 붙인 후 열 장씩 둘둘 말았다. 처음엔 서툴렀지만 몇 번 하다 보니 제법 능숙해져 다른 사람들과 대화를 할 여유까지 생겼다. 오후 내내 하는 나와 달리 시간대마다 사람들이 바뀌었는데, 바로 옆 자리의 미짱 아주머니와는 꽤 오랜 시간 일하면서 많은 이야기를 나눌 수 있었다. 미짱 아주머니는 50대 후반쯤으로 보였는데, 원래 일본에서는 나이가 많은 사람에게는 '~짱' 이라고 부르는 게 실례지만 아주머니께서 편하게 부르라고 하셔서 미짱이라고 불렀다.

　미짱 아주머니는 2001년과 2007년에 이미 피스보트로 세계 일주를 하셨는데, 한 번 더 피스보트에 오르고 싶어서 자원활동을 통해 뱃삯을 낮추고 있는 중이라고 했다. 또한 처음 피스보트에 오르셨던 2001년 이후 영어의 필요성을 느끼고 꾸준히 영어공부를 하고 있다고 하셨다. 내가 미짱 아주머니의 나이가 되어서도 그렇게 계속해서 자신이 하고 싶은 일을 찾고, 지속적으로 그 꿈을 위해 걸어갈 수 있을까? 미짱 아주머니가 하고 계신 일이 정말 거창한 일이 아닐지도 모르지만, 그런 열정을 가지고 계속 하고 싶은 일을 찾는 모습이 나에겐 참 감동적이었다. 미짱 아주머니를 통해 나도 앞으로 계속해서 내가 하고 싶은 일을 찾고, 공부하고, 즐겁게 살면 좋겠다는 생각을 하게 되었다.

　내 맞은편에 앉아서 함께 포스터 정리를 하시던 사사키 할아버지는 무려 네 번이나 피스보트를 타신 분이었다. 피스보트에서의 시간이 어떠셨는지, 앞으로도 계속해서 타고 싶은지 여러 가지 묻고 싶은 게 많았지만 말씀하시는 속도나 어휘가 일본어 초보인 나에게는 어려워 많은 이야기를 나눌 수 없어 아쉬웠다. 하지만 여러 차례 피스보트에 오르고 다시 경험하고 싶으셔서 사무실에 나와 몇 시간씩 포스터를 정리하시는 모습은 대단해 보였다. 나도 일본에 살았거나, 한국에도 피스보트 사무실이 있었다면 포스터 정리나 포스터 붙이기를 통해 뱃삯을 마련했을 텐데, 하는 아쉬운 마음이 컸다.

또 같은 테이블의 다른 사람들과 이야기를 나누다 그들 중 한 명인 아키가 스무 살이란 걸 알게 되었다. 어제 이미 스무 살 치카를 인터뷰한 후였지만 우연히 만난 스무 살 아키와도 인터뷰를 하고 싶어 취지를 말하고 인터뷰 요청을 하자 흔쾌히 응해줬다.

대개 자원활동은 오후 1시부터 7시까지 6시간을 하는데, 시간을 오래 낼 수 없는 사람들은 한두 시간만 일하고 돌아가는 경우도 있었다. 이렇게 짧게 일하고 돌아간 사람 중 아마야란 친구가 있었다. 그 친구는 워낙 키가 훤칠해 나보다 나이가 많거나 같을 줄 알았는데 알고 보니 나보다 어린 친구였다. 그는 일본인 아버지와 스페인인 어머니 사이에서 태어나 아르헨티나에서 어린 시절을 보냈고, 사는 곳은 싱가포르라고 했다. 어려서부터 사는 곳도 계속 바뀌고, 부모님들의 언어가 달라 여러 나라 말을 할 줄 안다고 해 함께 일하던 사람들로부터 부러움을 받은 친구였다.

그는 고등학교를 졸업하고 일 년 정도 세상을 좀 더 둘러보면서 자신이 하고 싶은 것이 무엇인지를 찾는 갭이어Gap Year 중이라고 했다. 아버지의 나라 일본에서 3개월 정도 머물면서 일본어와 일본 문화를 배우고 익히기 위해서 왔는데 우연히 피스보트를 알게 되어 찾아왔다고 했다. 그는 1년 후 캠브리지 대학에 입학할 예정이라고 했다.

내가 하는 여행도 갭이어와 그렇게 많이 다른 건 아니었지만, 아마야의 경우는 갭이어 후에 대학을 간다는 것이 나와 크게 다른 점이었다.

"난 꼭 피스보트를 타고 넓은 세상을 만날 거야"

내가 처음 인터뷰한 스무 살 치카.

대학에 진학했지만 기대했던

대학생활이 아니어서 휴학했다는 치카는

피스보트를 타고 다양한 사람을 만나보고 싶다고 했다.

피스보트에 오르기 위해

자원활동을 하고 있는 치카의 스무 살 이야기.

모모 - 지금 어떤 일을 하는지, 어떤 삶을 살고 있는지 궁금해.

치카 - 도쿄에 있는 피스보트 사무실에서 자원활동을 하면서 피스보트에 오를 준비를 하고 있어. 자원활동을 시작한 지는 8개월 정도 되었고, 하루에 7~8시간 자원활동을 하는 게 내 일과의 대부분이야.

모모 - 근데 일본에서도 보통 스무 살이면 대학생활을 할 때 아닌가? 물론 나같이 대학을 안 가는 사람들이 한국에도 있긴 하지만.

치카 - 응. 일본도 보통 고등학교 졸업하면 바로 대학을 가니까 스무 살이면 대학생이지. 근데 난 지금 휴학 중이야. 고등학교를 졸업하면 당연히 대학에 가야 하는 줄 알았고, 그래서 큰 고민 없이 대학에 진학했어. 대부분의 사람이 그렇게 생각하니까, 나도 그런가 보다 했던 것 같아. 근데 막상 대학에 가서 보니 내가 기대했던 대학생활이 아니었어. 재미가 없었거든. 그래서 잠시 쉬기로 결정했어. 충분한 시간을 가지고 쉬면서 내가 정말 하고 싶은 일이 뭔지 더 찾아보고 싶었거든.

모모 - 휴학하고 나서 할 수 있는 일도 많고 배울 수 있는 것들도 상당히 많았을 텐데, 특별히 피스보트에서 자원활동하는 이유가 있다면 뭘까?

치카 - 휴학을 하기 훨씬 전부터 피스보트에 대해서 알고 있었어. 어렸을 때 길거리에서 새로운 여정을 알리는 피스보트 포스터를 본 적이 있거든. 그러나 그때부터 피스보트를 탈 계획을 했던 것은 아니야. 휴학을 하고 누구나 하는 빤한 일 말고 뭔가 새로운 걸 해 보고 싶다고 생각했을 때 가장 먼저 떠오른 게 피스보트였지. 그리고 여비를 충당하기 위해 자원활동을 시작했고. 처음에는 하루에 2~3시간 정도 일했는데, 지금은 7~8시간 정도 일하고 있어.

모모 - 피스보트에서 자원활동을 하면 주로 어떤 일을 해?

치카 - 주로 피스보트를 알리는 일이야. 다음 여정을 알리고 사람을 모으는 데 중요한 역할을 하는 포스터를 들고 이곳저곳 돌아다니면서 사람들 눈에 잘 띄는 가게 앞에 붙이는 거야. 그리고 피스보트 자료를 원하는 사람들에게 우편으로 보내기도 하고. 사무실에서 포스터를 들고 나가 잘 붙일 수 있도록 포스터를 정리하는 일도 하지. 그리고 가끔씩 모금 활동을 하기도 하는데, 이스라엘이 팔레스타인을 침공했을 때 팔레스타인에 있는 친구들을 돕기 위해 사람들과 거리로 나가 모금 활동을 하기도 했어.

모모 - 근데 매일 포스터를 붙이고, 편지 보내는 일만 하면 지겹지 않아?

치카 - 조금 지루할 때도 있는 건 사실이야. 그래도 난 이 일이 재밌어. 포스터를 붙이는 일은 아무 데나 막 붙이면서 돌아다니는 게 아니라, 가게에 들어가서 가게 앞에다 포스터를 붙여도 되는지 물어봐야 하거든. 그리고 당연히 물어볼 때는 피스보트가 어떤 곳이며, 어떤 여행을 하며, 어떤 사람들이 함께하는지를 설명해야 하지. 우리가 피스보트에 대해 잘 설명하지 못하면 못 붙일 수도 있으니까. 매일 사람들을 만나서 거의 같은 이야기를 하지만, 매번 새로운 사람을 만나는 것이라 재미있어. 만나는 사람마다 제각각 다 달라서 같은 이야기를 해도 서로 다 다르게 반응하거든.

모모 - 그렇구나. 포스터를 가게에 붙이면서 사람들을 만나는 것 말고 사무실에서 일하는 시간들은 어때? 좋은 점이 있다면 말해줄 수 있어?

치카 - 피스보트에서 일하다 보면 매일 새로운 사람을 만나게 돼. 피스보트 사무실에는 정말 연령, 직업 들이 다양한 사람들이 찾아와서 일을 하거든. 일하는 시간대도 제각각 다르고. 잠깐 왔다 가는 사람이 있는가 하면 오래 있다 가는 사람도 있고. 그렇지만 모두 한 가지 목적을 갖고 있지. 피스보트에 오르기 위해서라는 것. 나이와 상관없이 정말 다양한 사람들을 매일 새롭게 만나서 같이 일하는 게 좋아.

모모 - 난 매일 새로운 사람을 만나는 건 좀 힘들 것 같은데, 사람 만나는 걸 좋아하는구나. 부럽다! 자, 이제 내가 인터뷰를 하면서 제일 물어보고 싶었던 걸 물어볼게. 앞으로 하고 싶은 일이 뭐야?

치카 - 직업에 대해서 물어보는 거야? 그런 거라면 사실 아직 잘 모르겠어. 그걸 찾기 위해서 피스보트에 오르려는 거야. 직업을 떠나 하고 싶은 일은, 많은 사람들과 만나서 그 사람들과 관계를 만들어나가고 싶어. 대학에서도 매일 사람은 만나지만 그들은 대개 내 또래의 학생들이지. 물론 그들과 만나면 재밌기도 하고 배울 점도 있지만 왠지 모를 한계가 느껴져. 하지만 피스보트를 탄다면 정말 다양한 사람들과 만날 수 있지. 할아버지, 할머니부터 어린아이들까지 연령층도 다양하고, 세계 각국에서 사람들이 모이잖아. 그들 안에서 각각의 문화를 나누는 것도 피스보트에서는 가능하고. 그래서 난 꼭 피스보트에 올라 다양한 사람들과 관계를 만들어가고 싶어. 그럼으로써 세상을 바라보는 나의 시야를 넓히고 싶고. 결론적으로 난 피스보트를 꼭 타고 싶어!

모모 - 멋지다! 마지막으로, 난 바로 대학에 가지 않고 여행 중인데, 나에게 해주고 싶은 말이 있을까?

치카 - 대학에 바로 진학하지 않고, 좀 더 자신이 하고 싶은 일을 진지하게 고민할 수 있는 시간을 갖는다는 건 정말 꼭 필요한 일이야. 난 그럴 수 없었거든. 바로 대학에 갔지만 그래서 결국 휴학을 하고 말았지. 대학에 입학할 때는 휴학이란 건 상상도 못했어. 부모님께서 내가 휴학할 수 있도록 허락해 주신 것도 사실 놀랄 일이지. 중요한 건 자신이 정말 하고 싶은 일이 무엇인지를 먼저 고민하고 대학에 가거나, 다른 길을 선택해야 한다고 생각해!

대학에 가야만 하는 건 아니라고 어려서부터 말씀하신 부모님과, 대학은 하나의 길일 뿐이지 내가 가야만 하는, 갈 수밖에 없는 유일한 길은 아니라고 말씀하신 선생님들이 계셨기에 나는 대학에 가야 한다는 생각에 매달리지 않았다. 그래서 내가 하고 싶은 일이, 내가 하고 싶은 공부가 무엇인지 알기도 전에, 그러한 고민의 시간을 제대로 가져보기도 전에 대학에 간다고 결정하는 것은 섣부른 일이라고 생각했다.

또 대학에 다니려면 1년에 천만 원이 넘는 돈을 내면서 다녀야 하는데 과연 대학이 그만한 돈을 낼 만한 배움의 공간인지 하는 의문이 생겼다. 가끔 대학 4년, 그러니 4천만 원짜리 '졸업장'을 얻기 위해 대학을 다닌다는 농담을 또는 진심으로 하는 사람들을 마주할 때면 대학을 가지 않기로 결심하길 잘했다는 생각도 했다.

하지만 막상 스무 살이 되고, 대학에 진학한 친구들이 하나 둘씩 생기면서 나는 대학에 가지 않은 것이 정말 좋은 결정이었는지 의문을 갖기 시작했다. 그러다 혼자 뒤쳐지는 느낌이 들면 막연한 미래에 대한 불안감은 더욱더 커져만 갔다. 내 의지로 선택한 길이었지만 주위 친구들과 나를 끊임없이 비교하다 보면 내 자신이 자꾸 작아지고 있었다.

그런데 내가 고민하던 그때 치카를 만난 것이다. 기대 많은 사람들이 가지고 있는 대학 캠퍼스에 대한 로망와는 다르게 대학은 참된 배움을 실천하는 곳도, 그렇다고 큰 재미를 주는 곳도 아니었기 때문에 휴학을 결정했다는 치카의 말에 나는 조금 놀랐다. 대학에 가보지 않았지만, 내가 갖고 있던 대학의 문제점을 치카는 실제로 경험한 것이다. 그리고 치카는 나에게 대학에 굳이 가지 않아도 된다고 말했다. 물론 치카의 생각이 세상 모든 대학생과 같은 것은 아니지만 말이다.

휴학하는 동안 자신이 하고 싶은 게 무엇인지를 찾고 싶다는 치카를 통해 나는 다시 한 번 대학에 대해서 진지하게 생각할 수 있었다. 대학이 '배움'을 위한 곳인가, 아니면 '졸업장'을 받고 좋은 직장에 들어가는 하나의 '디딤돌' 역할만을 하는 곳인가.

모든 사람들에게 같은 방식의, 같은 내용의 배움을 강요하는 것은 마치 코끼리에게 잠수를 하라고 하고, 새들에게 빨리 달리라고 하고, 고래에게 나무를 타라고 하는 것과 같다. 모두 다 특별하고, 모두 다른 재능을 갖고 이 세상에 태어났는데 너무나 획일화된 교육 시스템에 모두를 가두어 놓고, 그 시스템을 만든 사람들의 입맛대로 재단하고 있는 현실이 답답하게만 느껴진다. 하지만 모두 대학을 가지 않을 수도 없는 노릇이다. 대학 말고 선택할 대안이 많이 없기 때문이다.

스무 살, 나는 도대체 무얼 해야 하는 걸까?

"어린이를 위한 NGO나 NPO를 만들어
전 세계 어린이들을 돕고 싶어"

세계 곳곳은 돌아다니면서

어려운 아이들을 위한 활동가가 되고 싶다는 아키.

세상의 평화를 위해 일하고 싶다는 대학생 아키는

9개월 동안 자원활동을 한 후

피스보트에 오를 계획을 갖고 있었다.

모모 - 현재 어떤 일을 하고 있는지, 어떻게 살고 있는지 이야기해 줄 수 있어?

아키 - 난 대학생이고, 도쿄도의 치바현에 있는 치바대학교에서 공부를 하고 있어. 간사이 지방의 오사카 알지? 오사카에서 태어나긴 했지만, 학교 때문에 도쿄에 살고 있어. 법과 경제학을 전공하고 있고. 그리고 아까 우리가 함께 일했던 피스보트에서 자원활동을 이제 막 시작했고. 사실 너처럼 나도 오늘 처음으로 피스보트에서 일했어.

모모 - 오늘이 처음으로 오는 날이었다고? 우와, 나랑 같았구나! 넌 피스보트를 어떻게 알게 된 거야?

아키 - 초등학교 때였나? 길거리에 붙어 있는 포스터를 보고 알게 됐어. 근데 그때는 별로 관심이 없었지. 아주 어렸으니까. 저런 게 있구나, 하는 정도였지. 그 나이엔 그런 걸 눈 여겨 보는 애들이 잘 없지 않나? 근데 얼마 전에 친구로부터 이런 좋은 일을 재밌게 하는 단체가 있고, 조금 특별한 크루즈 여행을 한다는 이야기를 듣고서 나도 꼭 타고 싶다는 생각을 하게 된 거야. 그런데 너도 알다시피 3개월 동안 크루즈여행을 하는 피스보트에 오르려면 부담해야 되는 비용이 만만치 않잖아. 그래서 이렇게 신주쿠에 있는 피스보트 사무실에서 자원활동을 하기로 했지. 이렇게 조금씩 뱃삯을 낮추다 보면 언젠간 오를 수 있을 것 같아서 말이야.

모모 - 정말 피스보트에 오르고 싶은데 나에게도 비용이 역시 가장 큰 문제야. 난 한국에 사니까 너처럼 이렇게 자원활동으로 배삯을 낮춰갈 수는 없지만 언젠가는 꼭 타고 싶어. 오늘이 첫날이었다고 했는데 일하는 건 어땠어?

아키 - 조금 힘들었어. 나도 너랑 비슷하게 거의 7시간 정도 했는데, 7시간 동안 거의 비슷한 일을 계속 반복해서 하니까 좀 지루했어. 이 일이 육체적으로 힘든 일은 아니지만 똑같은 일을 반복하다 보니 많이 지루하고, 가끔씩은 졸릴 수밖에 없었어. 아마 너도 같지 않았을까? 웃음

모모 - 나만 그런 줄 알았는데 너도 그랬구나. 나도 좀 졸리고 지루했거든. 그래도 이런 방식으로 뱃삯을 낮춰나간다는 게 참 좋다고 생각해, 앞으로 피스보트에서 얼마나 더 일할 생각이야?

아키 - 앞으로 9개월 정도 일할 생각이야. 그리고 2010년 8월부터 10월까지 80일간 진행되는 70번째 크루즈에 타려고. 70번째 크루즈 비용은 약 99만 엔 정도인데 그때까지는 계속 일할 생각이야. 90일간 진행되는 피스보트 세계 일주 크루즈는 150만 엔 정도 들어. 그런데 이번 70번째 크루즈는 그보다 기간이 짧기도 하고, 비용도 다른 때보다 적게 들어서 마음을 먹게 되었어. 아직 9개월 좀 넘게 남았고 비용은 99만 엔이 드니까 한 달에 11만 엔씩 9개월을 일해서 비용을 최대한 낮출 생각이야!

모모 - 우와, 그런 계획을 가지고 있다니 대단해! 무지 부럽기도 하고. 하지만 자원활동만으로 한 달에 11만 엔을 만들려면 피스보트에서 얼마나 일해야 하지?

아키 - 피스보트 사무실에서 포스터를 준비하고 우편물을 정리하는 게 한

시간에 800엔, 그리고 돌아다니면서 포스터를 붙이는 건 한 장당 20분으로 계산해서 세 장에 800엔이야. 그렇지만 학교가 있는 치바에서 신주쿠 사무실까지 왕복 차비만 1200엔이 들기 때문에 매일 사무실에 올 수가 없어. 그래서 한 달에 8번 정도만 사무실에서 일하고, 사무실에서 치바로 돌아갈 때마다 포스터를 최대한 많이 들고 가서 치바에서 붙일 계획이야. 그렇게 하면 한 달에 11만 엔을 맞출 수 있을 것 같거든. 그렇게만 된다면 내년에 70번째 크루즈 여행을 할 수 있을 거고!

모모 - 오오, 멋지다! 나도 피스보트에 꼭 오르고 싶어. 사실 피스보트 비용이 학생이 부담하기에는 부담스럽잖아. 그런데 이런 방법으로 탈 수 있다면 정말 좋겠다. 하지만 일본에서 산다는 것 자체가 내겐 쉽지 않은 일일 것 같아.

아키 - 그렇긴 해. 나도 피스보트를 알게 된 후 이것과 비슷한 여행에 대해 알아보다 일본 정부에서 주최하는 프로그램이 있다는 걸 알게 됐어. 만 18~30세까지로 제한을 두고 있고 통과해야 하는 테스트도 많아 제법 까다로운 편이지만, 일본 정부에서 지원하는 프로그램이라서 개인이 부담하는 참가비용은 20만 엔 정도밖에 되지 않더라고. 동남아시아국가연합ASEAN의 가입국인 동남아시아의 10개 국을 3개월 정도 크루즈로 여행하는데, 며칠씩 한 나라에 머물면서 홈스테이도 하고 여러 가지 활동을 한다고 해. 피스보트가 대부분의 일정을 배 위에서만 진행하는 것에 비해 이것은 육지에서 좀 더 많은 일을 하는 것 같아. 1년에 한 번 정도 진행되고 외국인도 탈

수 있는 것 같긴 했는데, 테스트가 무지 어려워서 외국인은 정말 엘리트들만 탄다고들 하더라. 웃음

모모 – 정말 좋은 기회인 것 같긴 한데, 외국인은 뽑히기가 많이 힘든 것 같네. 평소에도 이런 쪽으로 관심이 많은가 봐?

아키 – 응. 난 NGO비정부조직나 NPO비영리기구에 관심이 많은 편이야. 지난 7월부터는 한 NPO에서 인턴십을 받고 있는 중이야. 그 단체는 파키스탄 사람들을 돕는 단체인데, 헌 옷을 모아 파키스탄에 가져가 파키스탄 사람들이 직접 그걸 팔 수 있도록 해. 그 과정에서 생기는 수익금으로 파키스탄에 학교를 짓고 운영할 수 있도록 하지.

모모 – 대단한 일을 하는 곳에서 일하는구나. 멋지다! 앞으로도 계속 이런 일을 할 생각이야? 앞으로의 너의 꿈이 무엇인지 정말 궁금해.

아키 – 응. 난 앞으로도 계속해서 이런 일을 하고 싶어. 자원활동을 하고, 많은 단체에서 일해보고 싶어. 그리고 난 아이들을 좋아하는 편이라 특별히 아이들과 관련된 일을 하고 싶어. 아이들 웃는 모습이 너무 예쁘거든. 세계 곳곳을 돌아다니면서 어려운 아이들을 위한 활동가가 되어 그 아이들을 위한 일들을 계속 해나가고 싶은데 그렇게 될 거라고 생각해. 그게 내 목표 중 하나이고.

꿈? 내 꿈은 NGO나 NPO를 만드는 거야. 또 다른 꿈은 전쟁이 사라진 평

화로운 세상을 만드는 것! 하고 싶은 일이 조금씩 다르긴 하지만, 결국 내가 NGO나 NPO를 만들고, 세상의 어려운 아이들을 돕기 위해 돌아다니는 것이 세상의 평화를 위해 내가 할 수 있는 일들이 아닐까 생각해.

　아키는 대학 생활을 하면서 피스보트에 오를 꿈을 꾸고 있는 스무 살이었다. 대학에서 공부하는 것만으로도 바쁠 텐데 피스보트 사무실이 먼 거리임에도 불구하고 시간을 내 틈틈이 자원활동을 하고 있는 게 대단해 보였다.

　대학을 다니며 언젠가는 아이들을 돕는 활동가가 되고 싶다는 그의 이야기를 들으며 정말 열심히 살고 있다는 생각이 들었다. 그와 나의 상황을 비교해 보니 나는 너무나 평이하게 인생을 보내고 있지 않은지 돌아보게 됐다. 이십대가 되면 내가 하고 싶은 일을 하면서 가끔은 바쁜 일상에 치이기도 하고, 무언가를 위해서 열심히 달려나갈 것 같았는데 딱히 할 일을 찾지 못하고 이렇게 여행을 하고 있는 내 모습이, 자신의 꿈을 위해 한 걸음 한 걸음 나아가고 행동하고 있는 아키의 모습과 많이 달라 보였다. 주도적으로 자신의 인생을 계획해 나아가는 아키의 모습은 정말 멋졌다.

일본인 친구들, 그들의 평범한 삶으로 들어가다

STORY 02

내가 다니던 학교에서는 고등학교 3학년 때 3개월에서 6개월간 인턴십을 할 수 있다. 학생들은 저마다 관심 갖고 있는 분야를 찾아 인턴십을 떠난다. 어떤 친구는 파키스탄 분쟁지역으로, 어떤 친구는 인도의 공동체 마을로, 또 어떤 친구는 국내 출판사 등으로 떠났다. 당시 나는 고등학교 2학년 때 들은 평화수업을 계기로 구호활동에 관심을 갖고 있었기 때문에 분쟁지역에서 활동하는 사람들을 직접 보고 경험하고 싶었다. 내가 소개받은 단체는 '개척자들'이라는 NGO 단체였다. 그러나 처음부터 내전이 한창인 아프가니스탄 등으로 갈 수는 없었다.

'개척자들'은 이 땅의 고통 받는 사람들을 위한 '세계를 위한 기도 모임'에서 시작된 NGO 단체이고, 내가 인턴십을 했던 2008년 당시 동티모르

고등학교 3학년 때 동티모르에서 6개월간 인턴십을 했다. 그때 만난 아이들의 모습은 평생 내 마음에 남아 있을 것이다.

를 비롯해 쓰나미로 엄청난 피해를 입었던 인도네시아 아체, 파키스탄, 아프가니스탄 등 분쟁지역에서 평화활동을 하고 있었다. 나는 이 곳 중 한 곳인 동티모르를 선택했다.

동티모르는 우리나라 사람들에게 생소한 나라다. 그도 그럴 것이 동티모르는 거의 400년 가까운 시간 동안 포르투갈과 인도네시아의 지배 아래 있다가 2002년에 독립한 나라이다. 그러나 독립을 했어도 내전이 끊이지 않아 유엔평화유지군이 주둔하고 있었다. 유엔평화유지군은 13년 만인 2012년 12월 31일 동티모르에서 철수했다.

동티모르에서 6개월 동안 인턴십을 하면서 나는 세계 각국에서 모인 청년들과 함께 그곳 아이들이 좀 더 평화를 경험하고, 평화의 길을 걷는 사람으로 성장하길 바라며 진행되는 다양한 프로그램 활동을 했다. 현지 아이들과 함께하기 위해서 나 자신을 준비해야 했고, 어떻게 하면 마을 사람들과 잘 지낼 수 있을까 고민해야 했다. 그리고 매일 오후 수업이 끝난 후 같이 일하는 세계 각국에서 온 팀원들과 여러 가지 주제를 갖고 이야기를 나누고, 서로의 문화를 이야기했다.

내가 있던 팀에는 일본, 독일, 인도네시아 등에서 온 사람들로 이루어져 있었다. 나는 그들과 평범하게 일상을 보내다가도 과거에는 서로가 피해자이고 가해자였던 우리가 지금 이곳 동티모르에서 평화를 이야기하고, 평화의 길을 찾기 위해 함께 모여서 지낸다는 사실에 가슴 뭉클해지기도 했다.

매일 생활을 같이 하고 활동을 함께하다 보니 자연스럽게 다들 친해질 수밖에 없는 환경이었다. 특히 그 중에서도 나 말고 유일하게 여자였던 일본인 유이코과는 더 가까워질 수밖에 없었다. 당시에는 아직 일본어를 배우기 전이라 의사소통이 힘들었지만, 사람과 사람 사이의 소통에 언어가 가장 중요한 것은 아니라는 것을 그때 알았다. 우리는 서툰 영어와 일본어를 손짓과 발짓을 섞어가며 소통했는데 그러는 사이 우리에게 우정이라는 것이 생기고, 어느새 서로를 의지하며 지내고 있었다.

세상의 스무 살을 만나러 떠나는 여행길에서 나는 자연스럽게 동티모르에서 만난 유이코를 비롯해 양치질하는 데만 30분이 걸려 유명했던 모토키 등 일본인 친구들을 떠올렸다. 친구들이 보고 싶은 것도 있지만 그들이 자신들의 나라에서 어떻게 살고 있는지 궁금했다. 한국에서의 나와 동티모르에서의 내가 달랐듯, 그들이 사는 곳에서 그들의 모습도 분명히 다를 것이기 때문이었다. 나는 그런 모습을 보고 싶었다. 그리고 나와 같은 스무 살 모토키의 모습을 보고 싶었다.

유이코와 모토키, 그리고 동티모르에서 만난 여러 명의 일본인 친구들이 사는 곳은 고베였다. 그들을 만나러 도쿄에서 고베로 가는 길은 생각보다 멀었다. 버스를 타고 무려 8시간이나 가야 했다. 거기에 무거운 배낭까지 메고 있어 힘이 들었지만 친구들을 만나러 가는 길이어서 그런지 피곤함이 덜했다.

유이코가 사는 집은 소박하고 아담했다. 내가 하루도 아니고 며칠씩이

고베에서 유이코와 모짱, 그리고 동티모르에서 만난 여러 명의 친구들과 그들처럼 라멘을 먹고, 그들처럼 카페에 들어가고, 기타를 치며 노래를 했다.

도쿄에서 고베로 가는 길. 관광지가 아닌, 일본인 친구들을 만나
그들의 평범한 삶으로 들어가고 싶다.

나 지내도 될까, 하는 생각이 들긴 했으나 깨끗하게 정리된 방을 보면서 자신의 방 한구석을 기쁘게 내준 유이코의 따뜻한 마음이 고스란히 전해졌다.

도쿄에서의 시간이 피스보트를 만나기 위해서였다면, 고베에서의 시간은 온전히 친구들을 만나기 위한 것이었다. 그들의 눈으로 그들이 사는 세상을 보고, 경험해 보고 싶었다. 내가 살고 있는 곳은 아니지만, 마치 내가 그곳에 아주 오랫동안 살았던 것처럼 행동해 보고 싶었다. 그들이 늘 걷던 거리를 걷고, 매일 가던 채소 가게에서 장을 보고, 단골 식당에 가서 밥을 먹는 것처럼 나도 그렇게 생활하고 싶었다.

나는 골목 귀퉁이에 있는 허름한 라멘집에서 점심으로 라멘을 먹고, 정처 없이 시내를 걷다 출출해진 배를 채우기 위해 줄을 서서 타코야끼를 사 먹고, 아기자기한 소품이 놓인 쇼윈도를 구경하면서 하루를 보냈다. 또 친구가 일했던 인도네시아 식당에 가서 수다를 떨고, 먼지를 뒤집어쓴 채 복도에 세워져 있던 기타를 갖고 와 노래를 부르며 놀았다. 그 일상이 내 마음을 평화롭게 했다.

이노카시라 공원에서 만난 아이들의 해맑은 모습.

"아시아 국가 모두가 가입하는
아시아 국가연합을 만들고 싶어"

동티모르 평화캠프 때 양치질을

30분씩 해서 기억에 남았던 재일교포 모토키.

비록 조가 달라 평화캠프에서는

그리 친하게 지내지 못했지만 다시 만난 스무 살 모토키는

세상의 평화를 위해 한 발 앞서가는

멋진 스무 살로 성정해 있었다.

모모 - 모토키! 오랜만이야. 잘 지냈어? 일본에 돌아와 뭐하면서 지냈어?

모토키 - 응, 잘 지냈어! 난 요즘 계속 아르바이트를 하고 있어. YMCA 전문학교를 졸업하고 지난 8월부터 여러 가지 아르바이트를 하고 있어. 지금 하고 있는 아르바이트는 공장에서 신종플루 예방을 위한 물건을 만드는 일인데, 솔직히 어떤 물건을 만드는 건지 나도 잘 몰라.웃음 원래는 영화 보는 걸 되게 좋아해서 영화관이나 DVD 대여점에서 일하고 싶었지만, 그런 일자리는 구하기가 좀 힘들더라고.

모모 - 그렇구나. 전문학교는 언제 졸업한 거야?

모토키 - 고등학교 졸업하고 바로 YMCA 전문학교에 갔고, 졸업 후 1년 동안은 가전제품 가게에서 일했어. 오키나와에 가기 전까지는 말이야.

모모 - 오키나와? 오키나와는 언제 간 거야?

모토키 - 오키나와엔 올해2009년 4월에 다녀온 게 가장 최근인데 그 전에 두 번 정도 간 적이 있긴 해. 처음 간 건 중학생 때 수학여행으로 간 거였고, 두 번째는 그냥 여행으로 3~4일 정도. 그리고 이번에는 10일 정도 다녀왔어. 이번에는 오키나와에서의 평화활동과 미군기지에 대해 자세히 알고 싶어서 간 거였어. 오키나와의 미군기지는 예전부터 문제가 되고 있었거든. 오키나와에서 활동하고 있는 평화활동가 한 분께 미리 부탁을 드리고 가서 그분과 함께 오키나와를 돌아다녔어.

모모 - 아, 그랬구나. 그 평화활동가분은 어떻게 알게 된 거야?

모토키 - 전문학교에 다닐 때 전국에 있는 학생 YMCA가 다 모여서 전국 YMCA 대회가 열렸었어. 그때 오키나와에서 활동하는 사람들에 대한 설명회를 들었는데 그 후 관심이 생겨 작년에 학생 YMCA에 연락해 소개받았어.

모모 - 그렇구나. 오키나와에서 어떤 일들이 있었는지 알고 싶어. 자세하게 얘기해 주면 좋겠다.

모토키 - 특별히 거창하게 한 일은 없는데….웃음 굳이 말하자면 50년 전 전쟁 후 미군이 오키나와에서 훈련을 할 때 훈련비행기가 초등학교에 떨어진 적이 있어. 그 이야기를 초등학생들이 연극으로 만들고 있어서 옆에서 조금 도와줬어.

그리고 내가 재일교포 3세라고 했더니 평화활동가 한 분이 특별히 날 데리고 가고 싶은 곳이 있다면서 어떤 곳으로 데리고 갔는데, 바로 한국에서 전쟁 당시 강제 징용으로 끌려왔던 사람들이 죽임을 당한 장소였어. 거긴 그들을 추모하는 비석과 한국 방향으로 돌탑을 쌓아놓은 것도 있었어. 오키나와가 한국과도 가깝고 슬픈 역사가 있는 곳이라 나에게 그런 오키나와의 모습을 보여주고 싶으셨다고 해. 미군기지도 갔었는데 앞으로 옮기게 될 곳과 지금 있는 곳, 두 군데 다 갔었지. 미군기지를 처음 봤는데 그냥 '아, 이런게 미군기지구나' 하는 생각이 들었어.

오키나와가 지금은 여러 리조트와 볼거리가 많은 관광지로 알려져 있지만 예전에는 전쟁의 슬픔이 있던 곳이라고 해. 오키나와 사람들에 대한 차별도 심했고. 물론 지금은 많이 없어졌지만 말야. 그렇지만 재일교포에 대해서는 차별이 완전히 없어진 게 아니어서 그분은 특별히 나에게 그런 면을 보여주고 싶으셨던 것 같아. 오키나와에 다녀온 후부터 나는 오키나와가 좋아졌어. 동티모르에 가 있으면서 집에 딱 한 번 전화를 했는데, 그 이유가 오키나와에 지진이 났다는 이야기를 듣고 오키나와가 걱정이 되어 한 거였을 정도로 말이야. 웃음

모모 – 그랬구나! 되게 많은 일들이 있었구나. 네가 오키나와에 갔다는 사실을 모르고 인터뷰를 했는데, 엄청난 이야기를 들은 기분이야. 근데 오키나와나 아르바이트와는 조금 동떨어진 세계인 동티모르에는 어떻게 해서 가게 된 거야?

모토키 – 동티모르의 평화캠프는 전문학교에 있을 때 알게 됐어. 처음 듣고선 '좋다! 꼭 가보고 싶은데!' 하고 생각했지. 원래 전쟁이나 분쟁에 관심이 많아서 그와 관련된 다큐멘터리 같은 걸 자주 보긴 했지만, 내가 실제로 분쟁지역에 갈 거라고 생각을 하진 못했어. 하지만 결국 가게 되었지! 동티모르에 비록 한 달밖에 있지 못했지만 한 달이란 시간 동안 많은 일들을 경험하면서 그때까지 갖고 있던 자원활동이나 평화활동에 대한 생각이 많이 변했어. 아주 긍정적인 방향으로 말이야. 그리고 유엔이나 유니세프 같은 국제기구에 대한 생각도 많이 바뀌었는데 그 전보다 좀 더 넓은 범위에서 생각을

하게 된 거지.

모모 – 그랬구나. 동티모르에서의 경험은 나에게도 특별했지만, 저마다 조금씩 다른 것 같긴 해. 그래서 신기하기도 해. 그럼 슬슬 마지막 질문을 할 차례인 것 같아. 꿈이랄까, 앞으로 하고 싶은 일이 뭐야?

모토키 – 방법은 아직 찾지 못했지만, 유럽의 EU 같은 걸 아시아에도 만들고 싶어. 동남아시아국가연합ASEAN이 있긴 하지만, ASEAN에 아시아의 모든 국가가 가입되어 있는 건 아니니까. 그렇게 아시아국가연합을 만들고 나서 아시아에 있는 미군기지를 전부 미국으로 돌려보내는 일을 하는 사람들 중 한 사람이 되고 싶어. 그러려면 우선 오키나와에 있는 미군기지부터 몰아내야겠지!

모모 – 멋져! 오키나와 다음엔 한국에서 그런 활동을 해주길 바랄게!

나는 어렸을 때부터 이런저런 일을 하면서 많은 일들을 '나'를 중심으로 진행했다. 하지만 많은 사람들 중 '한 사람'이 되는 것으로도 충분하다는 모토키의 생각은 자신이 돋보이기보다는 진짜 하는 일이 잘 되길 바라는 순수한 마음이 앞서는 것이었다. 멋진 일을 해서 멋진 사람으로 보이고 싶어 하는 것이 나쁜 바람은 아닐지라도, 언제나 내 자신이 돋보여야 한다고 생각했던 내 자신이 모토키 앞에서 부끄러웠다.

동티모르 평화캠프에서 보았던 그의 모습을 새삼 생각했다. 조용하게 사람들 사이에 있으면서 사람들을 지켜보고, 많은 사람들이 하는 이야기를 진지하게 집중해서 듣고 있었던 그의 존재감은 그 당시 그리 커 보이지 않았지만 많은 사람들에게 그의 그러한 모습은 크게 기억에 남았다. 네온사인처럼 화려하게 반짝거리는 불빛이기보다 은은하지만 그 존재만으로도 따뜻한 촛불 같은 모토키의 성향을 인터뷰하는 동안 그대로 느낄수 있었다. 모토키가 가진 그런 온화함과 겸손함이 언젠가 그가 가진 커다란 꿈을 이루기에 충분하다는 생각이 들었다. 그리고 나도 언젠가는 모토키와 함께 일하게 될 많은 사람들 중 '한 사람'이었으면 좋겠다는 생각이 들었다.

두 번째 나라

필리핀

자연과 전통을 지켜내는 그 아름다운 일

☆

WELCOME

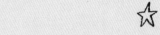

혼자 필리핀을 만나다

STORY 01

"필리핀에 오는 건 이번이 처음인가요?"

"아니요. 3년 전에 처음 왔는데, 그때 만난 필리핀이 너무 좋아서 다시 왔어요."

필리핀에서 만난 사람들이 나에게 가장 많이 물었던 질문은 내가 몇 번째로 필리핀에 왔는가였다. 나는 그때마다 같은 대답을 했다. 필리핀은 고등학교 1학년 때 학교에서 이동수업을 하러 간 곳이었는데, 그때 만났던 필리핀은 마치 마음의 고향처럼 내게 머물렀다. 일본에서 필리핀행 비행기를 타고 마닐라 공항에 도착했다.

눈에 익은 마닐라 공항 모습과 공항을 나서는 순간 훅하는 후덥지근한 밤공기는 3년 전과 마찬가지였다. 다만 그때는 함께하는 사람이 여럿이었고, 지금은 홀로 공항을 나선다는 것이 달랐다. 그래서일까, 공항 밖으로 나서는데 익숙하지만 뭔가 다른 느낌이 들었다. 비로소 내가 혼자서 여행을 한다는 것을 온몸으로 실감할 수 있었다.

3년 전, 처음 필리핀을 찾았을 때 나는 사실 필리핀에 대해 잘 알지 못했다. 학교에서 가는 이동수업이었으므로 당연히 가야 하는 것이라 생각했고, 그랬기 때문에 큰 고민과 공부 없이 필리핀을 만났다. 친구들과 함께 여행을 가는 게 신났고, 처음으로 한국이 아닌 다른 곳에서 오랫동안 여행을 하게 된 것에 신났었다.

그러나 운 좋게도 내가 준비한 것에 비해 정말 많은 것을 보고, 배우

첫 외국 여행지였던 필리핀. 이동수업 차 왔던 이곳에서 너무나
운 좋게도 많은 것을 보고 배울 수 있었다.

고, 느끼면서 어느덧 나는 훌쩍 큰 나를 발견할 수 있었다. 필리핀을 떠
난 후 필리핀에서의 아름다웠던 시간들은 내 마음에 깊이 자리 잡았고
언젠가 필리핀으로 다시 가야겠다는 생각을 했었다. 영어를 잘 못하던
때여서 사람들과 많은 이야기를 나누지 못한 것, 더 열린 마음으로 필리
핀을 만나지 못한 것 등이 늘 마음에 걸렸기 때문이다. 스무 살을 만나는
여행을 준비하면서 필리핀을 혼자 만날 준비가 되었다는 생각이 들었고
3년 전 그때와 거의 같은 루트로 필리핀 여행 계획을 세웠다.

　　여행 일정은 수도 마닐라에서 시작해 분쟁의 섬으로 알려져 있는 민

다나오의 카가얀데오로. 바로 숨겨진 보물 같은 섬 까미귄, 산골마을 부키드넌, 그리고 다바오까지. 바로 내가 친구들과 3년 전 왔던 경로 그대로였다. 다만 그때와 다른 점이 있다면 나 혼자 여행하면서 조금 다른 방법으로 필리핀을 만난다는 것, 느린 호흡으로 쉬엄쉬엄 하는 여행이라는 것, 또한 불편하다고 투정부리기만 했던 그때의 내가 아닌 불편함을 감수하면서 하는 여행이라는 것이었다.

늘 바쁘게 이곳저곳을 도장 찍듯 다니는 것이 아닌, 한곳에 오래 머물면서 그곳에서의 삶을 최대한 느끼고 싶고, 조금 멀고 가기 힘들더라도 내 마음에 드는 곳에 가고 싶었다. 그리고 이동할 때는 시간이 조금 더 들더라도 그곳에 사는 사람들과 함께할 수 있는 현지 교통수단을 이용해야겠다고 마음먹었다. 그리고 이런 소소한 점들이 내 여행을 더 특별하게 만들어 줄 것이라고 생각했다.

필리핀의 수도 마닐라에 도착해 정신없는 하루를 보내고 국내선 비행기를 타고 날아간 곳은 민다나오 섬에 있는 도시 까가야데오로였다. 필리핀의 숨겨진 보물 같은 섬인 까미귄으로 들어가기 위해서는 공항이 있는 카가얀데오로로 먼저 가야 하기 때문이다. 필리핀은 굉장히 많은 섬으로 이루어져 있는 섬나라이고, 그 섬들을 크게 세 부분으로 나눌 수 있는데 그 중 가장 남쪽에 위치한 섬이 민다나오이다. 민다나오는 가톨릭과 무슬림의 종교분쟁으로 많이 알려진 섬인데, 마닐라에서 만난 사람들 대부분이 민다나오는 위험하다며 가지 말라는 섬이다. 물론 민다나오의 서부지역은 실제로 가끔 위험하기도 하지만, 남한과 크기가 비슷한 섬이라 민다나오의 모든 지역이 위험하다고 하긴 어렵다. 물론 민다나오를 여행하기 전에는 어떤 상황인지 잘 알아보는 게 좋고, 위험하다고 알려진 지역으로 가지 않는 것이 좋지만 가기 전부터 너무 걱정할 필요는 없다.

까미귄을 가기 위해 까얀데오로에 도착했지만 까미귄으로 들어가는 배 시간이 잘 맞지 않아서 카가얀데오로에서 하룻밤을 묵게 되었다. 허름해 보이긴 해도 깨끗하고, 괜찮은 유스호스텔에 짐을 풀고 밖을 돌아다니는데 원래 안 좋았던 왼쪽 발목과 발바닥에 심한 통증이 느껴졌다. 딱히 접질린 일도 없고 넘어지지도 않았는데 왜 그럴까. 아무래도 여행하면서 이것저것 많이 집어넣은 무거운 배낭이 화근이었던 모양이다. 밖에서 돌아다니려던 계획을 접고 방으로 돌아와 발을 주무르는데 주무를 땐 괜찮다가도 멈추는 순간 다시 통증이 심했다. 심지어 이대로 계속 두면 여행을 접고 한국으로 다시 돌아갈 것 같았다. 나는 유스호스텔에 들어가면서 보았던 작은 마사지 숍을 찾아갔다.

발 마사지 30분에 75페소. 당시 환율로 환산하면 한국 돈으로 2000원이 채 안 되는 돈이어서 그리 큰돈이 아니지만, 당시에는 먹고 자고 이동하는 데에만 돈을 썼던 터라 큰마음 먹고 들어갈 수밖에 없었다. 수없이 망설이다 들어가 의자에 앉아 있는데 내 또래의 마사지사가 내 쪽으로 걸어왔다. 그 짧은 순간 '몇 살인지 물어봐야 하나?', ' 마사지 받으면서 인터뷰해도 되나?', '인터뷰하기 싫다고 하면 어쩌지', '만일 스무 살이라면 꼭 인터뷰하고 싶은데' 등등의 생각들이 머리를 스쳐 지나갔다. 여기서 이렇게 또 스무 살을 만나서 인터뷰하게 된다면 그건 엄청난 행운일 텐데 그 행운을 잡느냐, 잡지 못하느냐는 결국 내게 달려 있었다.

"실례지만, 혹시 몇 살이세요?"

"응? 스무 살인데요?"

순간, 이렇게 빨리, 그리고 쉽게 또 한 명의 인터뷰 대상을 만났다는 사실이 기뻤지만 상황이 그다지 편하지만은 않아 어떡하지, 하는 고민이 앞섰다. 그러나 흔치 않은 인터뷰 기회였기에 용기를 내 나와 인터뷰를 해줄 수 있냐고 물어봤다. 망설이며 시간이 안 될 것 같다고 말하는 친구를 설득해 결국 마사지를 하면서 이야기를 나눌 수 있었다. 그녀 이름은 로즈였다.

"가난 때문에 마사지사로 일하고 있지만
이 일을 더 열심히 할 거야."

마사지 숍에서 우연히 만난 스무 살의 로즈.

마사지사로 일하는 그녀와 인터뷰는 마사지를 받으면서 진행됐다.

그녀가 따로 시간을 낼 수 없었기 때문이다.

경찰이 되고 싶었던 꿈을 접고

마사지사로 열심히 살아가는 로즈 이야기.

모모 - 여기서 마사지사로 일하고 있구나.

로즈 - 응. 이 마사지 숍에는 10여 명의 마사지사가 일하고 있어.

모모 - 여기서 일하게 된 계기가 궁금해. 말해줄 수 있어?

로즈 - 원래는 세부에 살았어. 관광지로 유명한 세부 알지? 언니가 이곳 마사지 숍에서 일하고 있었는데 고등학교를 졸업하고 바로 언니를 따라왔어. 여기서 일한 지도 벌써 1년 정도 된 것 같아.

모모 - 그렇구나. 마사지사가 되려면 어느 정도의 연수가 필요한 걸로 알고 있는데.

로즈 - 응, 여기 와서 우선 두 달 동안 연수를 받아. 너도 알다시피 여긴 타이 마사지 숍이잖아. 타이 마사지법을 두 달 정도 배워야 본격적으로 일을 시작할 수 있거든. 모두가 그렇게 하고 있고.

모모 - 여기서 일하는 건 어떤지 궁금해. 설명해 줄 수 있을까?

로즈 - 일하는 시간은 날마다 조금씩 달라. 일주일 중 4일은 낮 12시부터 밤 12시까지 12시간 동안, 3일은 오후 6시부터 밤 12시까지 6시간 동안 일해. 근데 마사지를 하는 게 워낙 체력이 많이 소모되는 일이라 많이 피곤하긴 한데 그래도 할 만해. 그리고 보통 하루에 3~4명 정도의 손님을 마사지하는데 가끔씩은 손님이 아예 없는 날도 있어. 그리고 6시간만 일하는 3일

동안은 낮에 놀러 가기도 하고, 집에서 쉬기도 하고 그래.

모모 - 마사지는 정말 힘이 많이 드는 일 같은데, 오래 일하면 힘들겠다. 근데 원래 꿈이 마사지사였어? 학교를 졸업했을 때 어떤 일이 하고 싶었어?

로즈 - 원래 어렸을 때 꿈은 경찰이었어. 사촌언니가 경찰인데 굉장히 멋져 보였거든. 웃음 그래서 어렸을 때부터 난 커서 꼭 경찰이 되겠다고 생각했지. 하지만 경찰학교를 가는 데에는 생각보다 많은 돈이 들더라고. 경찰학교를 가기에는 집안 형편이 그리 넉넉하지 않았어. 비록 처음엔 내가 원해서 시작하게 된 일은 아니지만 지금은 여기에서 계속 일하고 싶어. 여기서 이렇게 계속 경험을 쌓는 것도 좋은 것 같고, 대학을 나오지 않은 20대 초반의 여성을 받아주는 직장을 찾는 것은 거의 불가능한 일이니까.

일주일 동안 휴일 없이 일하면서 그녀가 버는 돈은 4000페소, 한국 돈으로 10만 원이 조금 넘는 돈이다. 마사지를 받는 30분 동안 로즈와 함께 이런저런 이야기를 나누면서 마음이 편하지만은 않았다. 사실 어떤 점이 정확히 나를 불편하게 만들었는지는 잘 모르겠다. 나는 마사지를 받는 입장이고, 그녀는 나에게 마사지를 해주는 입장이어서? 나는 내가 모은 돈이긴 하지만 부모님의 도움을 받아서 여행을 하는 입장이고, 그녀는 하루하루를 살아가기 위해 경찰이 되지 않고 마사지사가 되어서?

그녀가 한 달 동안 꼬박 일해서 버는 돈을 나는 5일 안에 쓰면서 여행을 하고 있기 때문에?

그 모든 것일지도, 또는 그 무엇 하나 아닐지도 모른다. 하지만 생계를 이어나가기 위해 꿈을 이루지 못하고또는 미루고 다른 일을 하면서 살고 있는 그녀에게 내가 했던 질문 "너의 꿈은 뭐야?" 때문이 아니었을까 하는 생각이 들었다. 나의 꿈을 찾기 위해 내가 하고 있는 여행이 하루하루를 고되게 살아가는 로즈에게는 어떻게 생각되었을지 궁금하면서도 한편으로는 걱정이 되었던 것이다. 같은 나이에, 같은 21세기를 살아가고 있지만 너무나도 다른 삶을 살고 있는 그녀와 나. 무엇이 우리를 다르게 만들었을까?

하지만 그녀가 마주하고 있는 현실이 나의 현실과는 조금 다를지라도, 한국의 많은 청년들이 매일 마주하고 살아가는 현실과 그리 다르지 않을지도 모른다. 대학에 가기 위해서는 매년 큰돈이 필요하고, 대학을 나오지 않으면 좋은 직장을 구하기가 하늘의 별따기와도 같은 현실 말이다.

좋은 직장에서 일하기 위해서는 명문대 졸업장 또는 뛰어난 스펙이 필요해 많은 20대는 학자금 대출을 받으며 대학을 다니고, 그마저도 힘들면 휴학과 복학을 반복하는 상황. '큰 배움'이 가능한 곳이어야 하는 대학은 매년 엄청난 돈을 벌어들이는 거대한 기업과도 같은 존재가 되어버린 이 상황에서 졸업장은 필수적으로 갖추어야 하는 것이 되었는데, 그것이 이 세상에 와서 잠깐 머물렀다 가게 될 내가, 청년들이 원하는 일의 전부일까.

　나는 행복하게, 사랑하며, 자신이 하고 싶은 일만 열심히 하다 가기에
도 짧은 이 인생의 여정을 그렇게 보내고 싶지 않다. 먹고 사는 문제가
우리에겐 매우 중요한 문제이긴 하지만 내 꿈을 위해 먹고 살아야 하는
것이지, 먹고 살기 위해 꿈을 포기해선 안 된다고 생각한다. 그러나 그것
이 불가능한 상황들이 너무도 많고, 어쩔 수 없는 선택의 기로에 서 있는
스무 살들이 너무 많은 상황에서 그저 꿈을 접으면 다 자연스레 해결될
것이라 말하는 것은 너무 무책임한 일이다.

　그래서 나의 고민은 점점 더 깊어져갔다. 어떻게 하면 세상 사람들이
자신이 하고 싶은 일을 하면서 행복하게 살 수 있을까? 그런 세상을 만
들기 위해서 나는, 우리는 어떤 생각을 하고, 어떤 노력을 하며 살아야
하는 걸까? 그런 세상을 만드는 것이 가능하긴 한 걸까?

　돈을 많이 가지고 있는가 없는가 문제의 본질은 아니지만 돈이 꿈을
향해 나아갈 수 있는 상황을 가능하게, 혹은 불가능하게 하는 문제는 아
닐까. 꿈을 이루는 데 돈이라는 것이 제일 중요한 것은 아니지만, 꿈을
이루는 것도 돈과 떼어놓고 생각할 수는 없으니까.

　꿈을 꾸는 것조차 마음대로 편하게 꿀 수 없는 로즈의 상황에 순간, 내
속에 있던 무언가가 와장창하고 무너지는 듯한 느낌이 들었다. 어려서부
터 여러 가지 활동도 많이 하고, 중고등학교를 다닐 때도 많이 돌아다니
면서 다양한 경험을 쌓으면서 살아왔다고 생각했는데 사실 내가 알고 있

는 건 세상의 일부분, 100만분의 1도 되지 않는다는 생각이 들었다.

'그동안 나는 우물 안 개구리였는데 온 세상을 다 아는 것처럼 살고 생각하고 있었구나.'

로즈와 헤어진 후에도 나는 로즈에 대해, 로즈와 내가 나눈 대화에 대한 생각을 쉽게 떨칠 수 없었다. 좋은 질문을 하는 것이야말로 곧 그 질문의 답을 찾는 시작이라고 말하지만 아무리 눈을 크게 뜨고 마음을 열고 답을 찾으려 해도 도저히 보이지 않았다. 내가 정말 잘하고는 있는 걸까? 내가 한 질문이 정말 좋은 질문이긴 한 걸까?

내 마음의 보물 같은 섬
화이트아일랜드

STORY 02

까미권에 도착해서 내가 맨 먼저 찾아간 곳은 게스트하우스 트리하우스였다. 오랜만에 다시 찾은 트리하우스의 모습은 여전했고, 3년 전 친구들과 함께했던 기억이 그대로 떠올랐다. 내가 트리하우스를 다시 찾은 이유는 그 기억을 아름다운 추억으로 간직하고, 그 기억에서 나를 분리해내기 위해서였다. 한 계절이 끝나면 다른 계절이 오듯 내가 머무르고 있는 청소년기를 내 힘으로 벗어나야만 한다고 생각했다. 나를 분리해냄으로써 다른 나로 거듭나 빨리 어른이 되고 싶었다. 어쩌면 이미 어른이 되고 있었는지도 모르지만.

트리하우스 안은 구석구석 아기자기한 공예품이 걸려 있고, 벽은 다양한 색으로 채워져 있다. 다 둘러보려면 하루 종일이라도 걸릴 것 같은 방

트리하우스에서 만난 친구들은 트리하우스 만큼이나 저마다 개성이 강하다.

들은 각기 다른 모습이다. 심지어 맨 꼭대기에 있는 전망대까지.

　성수기가 아닌 탓에 트리하우스에 머물고 있는 손님이 거의 없어서 난 내가 지내고 싶은 방을 직접 고르는 행운을 얻었다. 크고 넓은 방을 쓸까, 아니면 전망대와 가까운 방을 쓸까. 한참 동안 행복한 고민을 하다 나는 작고 아담하며, 아늑한 다락방을 골랐다. 다락방까지 올라가려면 사다리로 올라가야 하는데 그것이 조금 염려되긴 했지만 그 방의 특별함이 바로 그런 것들.

힘들게 다락방에 올라가자 방 귀퉁이에 덩그러니 책상 하나가 놓여 있었다. 나는 배낭에서 공책, 시계, Mp3 플레이어, 책 등을 꺼내 올려놓았다. 그리 오래 지낼 계획은 아니지만 조금이라도 내 방 같은 느낌으로 살고 싶었기 때문이다.

아름다운 바닷속 세상을 보기 위해 많은 스쿠버다이버들이 찾아오는 까미권에는 여행자를 위한 리조트나 숙박업소가 꽤 있다. 무선인터넷 등 편의시설을 잘 갖춘 곳도 많다.

트리하우스는 말 그대로 나무로 지어진 집이다. 그러나 누구나 다 상

트리하우스의 벽은 다양한 색깔로 가득하고, 내부는 아기자기한 공예품으로 가득하며, 실내는 저마다 다른 모습을 하고 있다. 이곳을 다 구경하려면 하루도 짧다.

상할 수 있는 그런 흔한 나무집이 아니다. 주변에는 나무가 굉장히 많아 풀벌레나 모기가 꽤 있고, 화장실은 자주 막히는 편이며, 심지어 비가 오는 날에는 정전도 잦다. 도면을 그릴 수 없을 정도로 내부는 복잡하다. 이런 게스트하우스를 내가 다시 찾은 이유는 트리하우스는 이 모든 것을 감수하면서 묵을 만큼 매력적인 곳이기 때문이다.

트리하우스에는 밥때가 되어 출출할 때 주방을 기웃거리면 같이 앉아서 밥 먹자고 부르는 아주머니가 있고, 자신의 재능을 나눔으로써 더 발전할 수 있다고 생각하는 젊은 아티스트들이 있고, 그들이 진행하는 드림캐처 만들기 강습도 있다. 음식을 주문하면 그때부터 만들기 시작하기 때문에 조금 시간은 걸리지만 정성이 가득한 뜨거운 음식을 먹을 수 있고, 가고 싶은 데가 있다고 하면 기꺼이 같이 가자고 하거나, 길을 상세하게 알려주는 스텝들이 있다. 그리고 처음엔 게스트하우스 직원과 손님으로 만나지만 떠날 때는 친구가 되는 그런 행운도 누릴 수 있다. 이 정도라면 약간의 불편함을 감수할 만큼 매력적인 곳이 아닐까?

나는 이곳에서 시간을 보내기로 했다. 한국을 떠나기 전, 많이 지쳐가던 내 자신에게 위해 쉼을 선물하고 싶었고, 본격적인 배낭여행을 시작하는 지점에서 만반의 준비를 하고 싶었다. 그리고 무엇보다 이곳은 내가 꿈에도 그리던 화이트 아일랜드가 바로 지척이지 않은가. 화이트 아일랜드White Island까지는 까미귄에서 배로 10여 분만 가면 된다.

하얀 섬이 점점 푸른 바다에 물들어 에메랄드 색으로 변하다 결국은

새파랗다 못해 시퍼런 바다로 변하고 하얀 섬은 어느새 흔적을 감추는 곳, 화이트 아일랜드.

그 섬에서 본 석양은 이제껏 본 것 중 가장 붉고 짙었으며, 바닷물은 백색 산호모래와 푸른 바다가 어우러져 더없이 아름다운 빛을 냈다. 세상에서 가장 아름다운 곳이 있다면 바로 이곳이 아닐까. 오랜 시간 동안 이곳에 다시 오고 싶었다. 나는 마침내 꿈에도 그리던 그 섬에 다시 갔다.

배에서 내렸지만 눈부신 태양 아래 에메랄드 빛 바다를 바라보며 한동안 멍하니 서 있을 수밖에 없었다. 아름다움에 압도되어 몸이 그대로 굳었다고나 할까. 얼마가 지나서야 바다에 들어가야겠다는 생각이 들었고, 넘실거리는 그 쪽빛 바다에 내 몸을 맡겼다. 마치 바다가 숨을 들이쉬고 내뱉는 것 같은 물결. 그리고 뜨겁게 내리쬐는 태양. 나는 자연과 하나가 된다는 것을 무엇인지 비로소 실감할 수 있었다. 내가 이토록 자연에 열려 있던 적이 있었나.

얼마나 오래 바다에 있었을까. 밖으로 걸어 나오니 등이 화끈거렸다. 그러나 그대로 이곳을 떠날 수 없는 일. 나는 해변에 앉아 이어폰을 귀에 꽂고 음악을 들었다. 행복했다. 이곳에 올 수 있는 것이. 그리고 감사했다. 그러다 문득 생각했다. 나는 왜, 이곳까지 왔을까.

트리하우스로 돌아가서야 똑바로 눕지 못할 정도로 등에 화상을 입은 것을 알 수 있었다. 밖에 나가고 싶은 마음이 덕분에 싹 사라져 대부분의 시간을 트리하우스에서 보내게 됐다. 그곳에서 만난 친구들과 이야기를 나누고, 그들과 함께 기타를 치고 노래를 했다.

'그래, 이렇게 쉬는 거야.'

그러다 나는 또 한 명의 스무 살을 만났다. 이것저것 할 줄 아는 게 많은 스무 살 크리스토퍼. 하고 싶은 것도 많고, 가고 싶은 곳도 많은 크리스토퍼와의 즐거운 대화는 나에게 꿈에 대해 다시 한 번 깊이 생각하는 기회를 주었다.

하얀 섬이 점점 푸른 바다에 물들어

에메랄드 색으로 변하다 결국은 새파랗다 못해

시퍼런 바다로 변하고 하얀 섬은 어느새 흔적을 감추는 곳,

화이트 아일랜드.

"신으로부터 받은 나의 재능이
 나눔을 통해 더 발전할 수 있다고 믿어"

할 줄 아는 것도 많고,

하고 싶은 것도 많은 아티스트 크리스토퍼.

트리하우스에서 만난 크리스토퍼는 까미귄에서

학교를 다니면서 트리하우스 스텝으로도 일하고 있었다.

크리스토퍼는 자신의 재능을 나누는 것이 행복하다고 말했다.

모모 – 이곳 트리하우스에서 네가 하고 있는 일들에 대해 이야기해 줘.

크리스토퍼 – 난 원래 아티스트야. 그리고 지금은 이곳 까미권에서 학교를 다니고 있고, 트리하우스에서 서포트 스텝으로 일하고 있어. 까미권에 온 지는 거의 2년 정도 됐어. 원래는 다른 곳에 살았는데 학교를 다니기 위해 까미권으로 왔지. 그때부터 트리하우스에서 일하면서 지내고 있어.

모모 – 그렇군. 근데 서포트 스텝이라면 어떤 일을 하는 거야?

크리스토퍼 – 여기서 필요로 하는 일은 다해. 사소한 일, 큰일 따지지 않고 필요한 대부분의 일을 한다고 보면 돼. 내가 가끔 요리도 할 정도니까. 그리고 아티스트로서는 트리하우스를 기반으로 한 아티스트 그룹인 이니그마타 Enigmata에서 무료로 아이들을 가르쳐. 이 주변에 사는 아홉 살에서 열두 살 정도의 아이들에게 음악과 그림, 조각 등 예술을 주제로 한 워크숍을 진행해. 그리고 드림캐처 만들기도 가르치고. 드림캐처란 작은 구슬이나 깃털 등으로 만든 고리야. 이걸 갖고 있으면 좋은 꿈을 꾸게 한다고 믿거든.

모모 – 아이들만 가르치는 거야?

크리스토퍼 – 아이들과 워크숍을 많이 하긴 하지만 아이가 아닌 어른들과 함께 워크숍을 할 때도 있어. 우리가 어제 드림캐처 만들기를 한 것처럼 트리하우스를 찾은 게스트들에게 무료로 워크숍을 진행하거든. 난 신으로부터 받은 나의 재능이 나눔을 통해 더 발전될 수 있다고 믿어. 내가 가진 것이 있고,

또 그것을 다른 사람에게 나눌 수 있어서 행복해.

그리고 서포트 스텝으로서 하는 일은 아니지만, 이 지역에는 하트비트 Heartbeat란 아티스트 그룹이 있는데 거기서도 활동하고 있어. 이 그룹에 있는 사람들 대부분은 여러 예술 분야에서 뛰어나지만, 퍼포먼스에 좀 더 초점을 맞추고 활동하고 있어. 예술가적 시각을 갖는 것을 가장 중요하게 생각하는 우린 아직 다듬어지지 않은 아티스트를 찾아서 그들을 훈련시키고, 그들의 재능을 발전시키는 일을 하고 있어. 하트비트에서 함께 활동하는 사람은 나까지 포함해서 다섯 명인데 공통점도 많고, 추구하는 것들도 비슷해.

모모 - 우와, 대단하다! 이렇게 멋진 일을 많이 하고 있구나. 정말 멋져. 근데 넌 어떤 종류의 아티스트인지 궁금해.

크리스토퍼 - 난 타악기를 주로 연주해. 그리고 플루트도 연주하고, 기타도 치고, 노래도 불러. 조각도 하고, 그림도 그리고, 악기도 만들고. 사실 내 주변엔 아티스트가 많아서 그렇게 대단한 일인지는 잘 모르겠지만 말이야. 웃음 우리 아버진 악기를 만드시고, 어머니께선 비닐봉지로 뜨개질을 해서 물건을 만들거나, 재활용품을 사용해 리폼을 하기도 하셔. 그리고 동생 중 한 명은 열 살인데 타악기 연주가야.

모모 - 정말 대단한 가족이구나. 멋있다! 그런데 학교를 다닌다고 했잖아? 음악과 관련된 걸 배우는 거야?

크리스토퍼 - 아니. 난 여기서 가까운 까미귄 폴리텍 칼리지를 다니고 있는데, 전공은 테크놀로지야. 그래서 주로 컴퓨터에 관련된 걸 배워. 원래는 선생님이 되고 싶었지만, 학업을 이어갈 돈이 없어서 지금은 비정규 학생으로 교육학 강의를 가끔씩 들어.

모모 - 그렇구나. 선생님이 되는 과정을 공부하지는 않았어도 넌 벌써 아이들을 가르치고 있는걸! 어렸을 때부터 선생님이 되는 게 꿈이었어?

크리스토퍼 - 딱히 그런 건 아니었어. 어렸을 때부터 난 당연히 내가 아티스트가 될 거라고 생각했던 것 같아. 열두 살 때 처음으로 플루트를 불었는데 그 후 타악기, 기타, 그리고 그림도 그리면서 아티스트가 되는 게 당연한 일이라고 생각했어.

모모 - 그럼 어렸을 때 꿈인 아티스트가 된 지금 너의 꿈은 뭐야?

크리스토퍼 - 난 세계를 여행하고 싶어. 필리핀 안에서 여행을 해 본 적은 있어. 하지만 세계 이곳저곳을 여행하며 새로운 사람과 문화를 만나고 싶어. 그들의 삶도 알고, 내가 직접 그들의 생활방식과 문화를 경험하고 싶어. 네가 지금 이렇게 여행하고 있는 것처럼 나도 언젠가 여행을 떠나고 싶어. 그게 내 꿈이야.

언젠가는 자신이 가진 재능을 펼치며 세계를 여행하고, 그 여행길에서 다양한 사람을 만나며 그들의 문화를 접하고 싶다고 말하는 크리스토퍼의 반짝이는 두 눈. 이미 자신이 원하는 일을 하고 있고, 그 일을 위해 더 노력하고 싶다는 그의 말을 들으며 나의 마음이 두근거렸다.

그동안 나는 꿈을 위해서 사는 일은 늘 어려운 일처럼 느껴졌고, 스무 살들과 인터뷰를 하면서는 더욱 더 꿈을 꾸는 삶을 사는 게 어렵다는 걸 느끼고 있었다. 그러나 크리스토퍼는 꿈을 위해 사는 것이 자연스럽다고 말하고, 이미 그런 삶을 살고 있었다. 물론 크리스토퍼가 가졌던 여러 가지 꿈 중에는 포기할 수밖에 없었던 꿈이 있고, 또 지금의 꿈을 이루기 위해서는 시간이 걸리고 힘들 수 있겠지만, 반짝이는 그의 두 눈에서 나는 그의 꿈이 꼭 이루어질 것이라고 확신했다.

크리스토퍼를 만나기 전까지 나는 왜 꿈을 꾸어야 하고, 왜 꿈을 위한 삶을 살아야 하는지 명확히 대답할 수 없었다. 그런데 크리스토퍼는 답을 갖고 있었다. 그의 두 눈에는 자신을 가슴 뛰게 하는 일을 하고 있는 사람만의 에너지가, 행복한 일을 하며 살고 있는 사람이 뿜어내는 에너지가 빛났다. 나는 그런 것을 목격하기 위해 이 여행을 떠나긴 했지만, 이렇게 금방 만나게 될 줄은 미처 몰랐다.

크리스토퍼와 오랫동안 이야기를 나누며 나는 꿈에 대해 깊이 생각하게 되었다. 꿈을 갖고 그 꿈을 이루기 위해 노력하는 것도 중요하지만 지나치게 꿈에 집착하면 오히려 그 결과는 허무할 수도 있다는 것, 그래서 꿈을 이룬 후에 대해서도 생각해야 한다는 것, 꿈을 이루었을 때 그 감동을 가슴에 품고 더 큰 꿈을 꾸기 위한 준비도 필요하다는 것 등등.

만일 나에게 그런 순간이 온다면 나는 꿈을 이루고, 그 꿈을 살아본 사람으로서 경험을 나누며, 다른 이들에게도 꿈을 꿀 수 있도록 영감을 줄 수 있는 사람이 되고 싶다. 꿈꾸는 것에 그친다 할지라도 꿈꾸는 것만으로도 꿈은 충분히 가치 있는 일이며, 세상에는 현실적인 사람들도 필요하지만, 좀 더 많은 몽상가가 있어도 괜찮을 것 같다는 생각도 들었다. 물론 누군가는 나에게 현실적이지 못하다며 "꿈 깨!"라고 할지 모르지만 말이다.

숲속 공동체 마을
딸란디그

트리하우스를 떠나는 날, 발이 쉽게 떨어지지 않았다. 꼬박 일주일을 트리하우스에서 지냈지만, 떠나는 길이 그렇게 아쉬울 수 없었다. 일주일로는 역시 모자랐던 것이다. 하지만 언젠가 꼭 다시 돌아올 거라고 어린아이 달래듯 내 자신을 달래면서 산골마을 딸란디그Talaandig를 향해 길을 나섰다.

고산지대에 있는 딸란디그 마을은 외딴 곳에 떨어져 있는 작은 왕국 같은 곳이다. 자신들만의 아름다운 전통의상을 입고 피리를 만들고 젬베 서아프리카 전통 북를 만드는 사람들. 3년 전 친구들과 처음 갔을 때 이곳에 머물면서 가깝게 지냈던 아티스트 와와이에게 나는 언젠가 다시 오겠다고 약속했었다. 나는 지금 그 약속을 지키러 가는 길이다.

딸란디그를 찾아가는 길은 쉽지 않았다. 전화번호 몇 개와 트리하우스 친구들이 말해준 정보가 전부. 스마트폰도 없고, 지도도 없고, 심지어 약도도 없었다. 이 여행길의 처음, 일본 신주쿠 피스보트 사무실을 찾아갈 때는 머릿속에 약도만 있었다. 그에 비하면 이 정도는 양호한 편이라고 생각했지만, 그래도 무모한 것은 사실이었다. 그러나 나는 나를 믿기로 했다.

트리하우스 친구들은 어디에서 내려서 어떤 버스를 갈아타고, 다시 또 어떤 버스를 타고 가라고 친절하게 말해줬다. 그들의 말을 그대로 공책에 꼼꼼히 받아 적다 보니 가는 길이 보통 복잡한 게 아니었다.

'정말 애들은 내가 찾아갈 수 있을 거라고 생각하는 걸까.'

그러나 한편으로 여기 사람들은 다들 그렇게 다니는 거니까 괜찮을 거란 생각을 하면서 마음을 다잡았다.

우선 까미귄에서 민다나오의 발링완까지 배를 타고 갔다. 소요 시간은 1시간. 항구에서 버스터미널로 가 카가얀데오로행 버스를 갈아타고 달린 시간은 2시간. 그리고 다시 말라이발라이의 부키드논까지 버스를 타고 2시간이 걸렸다. 그곳에서 또 딸란디그 마을까지 1시간 반을 지프니 필리핀의 대중교통 수단의 하나로 버스보다 작고 일반 지프차보다 크다를 타고 가야 했다.

버스를 갈아타며 졸다 깨다 부키드논에 도착했을 때였다. 이곳에서 다시 딸란디그로 가는 지프니를 타야 하는데 막상 버스에서 내리긴 했지만 이곳이 부키드논인지 아닌지 확실히 알 수 없었다. 점심도 굶어 배가 고픈 데다 까미권을 떠난 지 무려 8시간이 흘렀다. 오늘 안에 딸란디그에 도착할 수 있을까? 이러다 정말 국제 미아가 되는 건 아니겠지? 나는 지프니가 서 있는 곳에 가서 사람을 하나 붙잡고 길을 물어보지 않을 수 없었다.

"혹시 딸란디그에 가려면 어떻게 해야 하죠?"

"아, 와와이가 사는 그 마을?"

"오! 네, 와와이가 사는 마을이요!"

"여기 이 지프니를 타고 가다 보면 중간에 마을이 나오는데, 운전수에게 미리 말해 두면 될 거야."

딸란디그를 아는 거야 그리 놀랍지 않지만, 와와이를 알고 있을 줄이야. 와와이가 유명한 아티스트인 줄은 알고 있었지만 와와이를 아는 사람을 만난 것이 너무 기뻤다. 그리고 제대로 부키드논에 내렸다는 사실에 내 자신이 대견해지기도 했다. 역시 현지 교통수단으로 여행하길 참 잘했다는 생각이 들었다. 물론 나에게 달리 다른 선택을 할 수 있는 것은 아니지만. 이대로라면 앞으로 어딜 가든 현지 교통수단만 이용할 수도 있을 것 같다. 좋았어! 어차피 하기로 한 거 끝까지 해보자!

딸란디그행 지프니에는 절반 정도는 배추 같은 채소와 닭, 그리고 각종 짐들로 가득 채워져 있었고, 일찌감치 자리에 앉아 출발을 기다리는 사람들로 빼곡했다. 나는 사람들 사이를 비집고 들어가 겨우 엉덩이를

9시간 동안의 긴 여정 끝에 도착한 딸란디그 마을은 상처받은 내 마음을 치유하기에 충분했다.

걸치고 앉았다. 좁은 탓도 있지만 퍼덕대며 꽥꽥거리는 닭들 때문에 나는 꼼짝을 할 수 없었다. 금세라도 나를 덮칠 것만 같은 공포가 엄습했다. 나는 소리도 지르지 못하고 잔뜩 긴장한 채 웅크리고 있는데 사람들은 아무렇지도 않은 듯 무심한 표정으로 앉아 있었다. 이곳에 사는 사람들에게 이것이 삶인 것이다.

1시간 걸린다는 거리가 굽이굽이 산길인 데다 지프니 안이 불편해서 그런지 아주 긴 시간이 걸리는 듯했다. 학교를 마치고 집으로 돌아가는 길에 지프니를 탄 학생들은 나를 신기한 듯이 쳐다보았다. 외국인이 사람들 틈에 끼어 앉아 산골마을로 가는 게 흔한 일은 아닐 테니 그럴 밖에. 문득 산골에 있던 충청북도 제천의 내가 다닌 학교가 떠올랐다. 만일 내가 학교가 끝난 후 집으로 가는 버스를 탔는데 외국인이 타고 있다면 나도 바로 저 아이들의 모습을 하지 않을까.

나를 힐끔힐끔 쳐다보는 아이들을 보며 밝게 웃었더니 한 아이는 부끄러운지 다른 애들 등 뒤로 숨어 가끔씩 고개를 내밀고 쳐다봤다. 아, 얼마를 더 가야 하는 걸까 생각하고 있는데 차가 멈추더니 기사 아저씨가 나를 보고 딸란디그라고 말하며 찡긋 눈짓을 하셨다. 9시간 동안의 길고 험한 여정 끝에 드디어 산골마을 딸란디그에 도착한 것이다.

두려웠던 여행길. 그러나 도움이 필요할 때마다 나에게 도움을 주는 사람들이 나타나고, 내가 원하는 길로 갈 수 있도록 도와주는 이정표가 나왔다. 마치 누군가가 나의 여정을 도와주고 있는 것 같은 느낌을 받으면서 나는 조금씩 두려움을 떨쳐내고 있었다.

이튿날. 창밖은 어슴푸레 밝아오고, 코끝의 바람이 마치 초겨울 같았다.

'어, 여긴 어디지?'

여행을 시작한 지 3주가 다 되는데도 잠에서 깰 때마다 기억을 되살려야 했다. 더욱이 어제는 딸란디그에 오기까지 너무나 힘든 일정을 소화해낸 날. 침낭 안에서 잔뜩 웅크리고 죽은 듯이 잠들었었다.

햇빛이 아직 땅을 데우기 전, 아침 공기가 싸늘했다. 폐 깊숙이 공기를 들이마시자 차가운 공기가 온몸으로 상쾌하게 번졌다. 집안의 다른 사람들이 깨지 않도록 살금살금 밖으로 나가 해가 뜨는 걸 지켜보는데, 그제야 내가 딸란디그에 다시 왔다는 걸 실감할 수 있었다.

힘들게 딸란디그에 왔지만, 내가 딸란디그에서 보낼 수 있는 시간은 고작 3일밖에 되지 않았다. 도착한 날과 떠나는 날을 빼면 딸란디그에서 온전히 보낼 수 있는 날은 하루밖에 되지 않았다.

와와이 가족들과 함께 하루를 어떻게 보내는 것이 가장 좋을지 아침을 먹으면서 이야기를 했다. 오랜만에 다시 만난 아이들은 몰라보게 훌쩍 커 있었다. 못 보던 막내는 그새 새로 태어나 아장아장 걸었다. 학교 갈

딸란디그 사람들은 마을 공동체를 지속적으로 유지하는 데 큰 관심을 갖고 있다.

딸란디그 사람들은 모두 예술가다. 그들은 누구나 북과 플루트를 만들고 연주를 한다.

준비하랴, 밥 먹으랴 바쁠 텐데 아이들은 재잘거리며 돌아다니고, 이제 조금씩 막 걷기 시작한 막내는 문 뒤에 숨어 고개를 빼꼼히 내밀었다.

정신없이 분주한 아침 식사가 끝나고 아이들이 학교로 가자 집안이 텅 빈 듯 조용했다. 전날의 피로가 다 풀리지 않아 조금씩 졸리긴 했으나, 잠을 자기에는 너무나 아까운 시간이었다. 와와이와 큰 아들 알제이와 함께 우리는 마을을 둘러보기 위해 집을 나섰다. 햇살은 따사롭게 빛나고 전날 흐린 날씨 때문에 선명하지 않았던 마을이 그제야 환하게 드러났다.

'예전 그대로네……'

딸란디그 아이들의 모습. 앞줄 맨 오른쪽 아이가 입고 있는 옷이 전통의상이다.

아름다운 전통의상과 눈에 익은 길과 집, 골목 어귀에서 뛰노는 아이들, 학교에서 공부하는 아이들, 집에서 그림을 그리고 있는 마을 사람들. 각자의 자리에서, 해야 하는 또는 하고 싶은 일을 하면서 일상을 보내고 있는 그들의 모습은 참 안정적이고 평화로웠다. 그들의 모습은 내게 익숙한 도시에서의 삶의 풍경이 아니었다. 마닐라에서 지내는 짧은 시간 동안 내가 받은 느낌은 혼돈, 시끄러움, 숨막힘 같은 것들이었는데 딸란디그나 민다나오의 소도시들은 평화롭고 조용했으며, 평안했다.

나는 그들처럼 그렇게 평안하게 그들의 평화 속으로 들어가 와와이와 함께 산으로 과일을 따러 가고, 계곡물에 발을 담갔으며, 머리에 꽃을 꽂은 채 마을을 활보했다. 마치 다시 어린아이가 된 것처럼.

어렸을 때 친구들, 사촌들과 함께 계곡으로 놀러 다녔던 기억이 났다. 산딸기도 따고 오디도 따러 돌아다녔는데, 언제부터인가 그렇게 놀지 않았다. 동네를 마구 쏘다니는 일도, 머리부터 발끝까지 흠뻑 젖을 만큼 물놀이를 해본 게 언제였을까. 아이와 어른을 나누는 기준은 얼마나 마음 놓고 열심히 놀 수 있는가에 달린 건지도 모른다. 물론 어른들뿐만 아니라 요즘 아이들에게도 자연은 더 이상 놀이터가 아니지만 말이다.

머리에 꽃을 꽂고, 열대과일 두리안을 먹으며 동네를 마구 돌아다니다 와와이의 조카 키누요그를 만나 함께 걷게 되었다. 그런데 그의 나이가 스무 살! 나는 산책을 중단하고 키누요그를 붙잡고 앉아 인터뷰를 시작했다. 처음에는 엄청 쑥스러워하던 키누요그도 시간이 좀 지나자 편하게 이야기를 했다. 우리는 금세 친구가 되었다.

딸란디그에서는 마치 어린아이가 된 것 같았다. 계곡에서 물장난을 치고, 머리에 꽃을 꽂고 동네를 산책하기도 했다.

세상의 스무 살 06 **인톤다 사와이 키누요그**_ 필리핀, 부키드논

"우리 마을의 문화를 잘 보존해서
다음 세대에게 잘 물려줘야지"

숲속마을 딸란디그에서 산책하다 만난 키누요그는

직접 만든 플루트를 갖고 와 연주까지 할 정도로 다재다능했다.

문화를 지키는 것이야말로

가장 중요한 일 중 하나라고 말하는 키누요그는

개인보다 공동체를 더 중요하게 생각했다.

모모 - 이곳 딸란디그에서 어떻게 살고 있는지 궁금해. 이야기해 줄래?

키누요그 - 너도 이 마을을 둘러보면서 느꼈겠지만 이곳에 사는 많은 사람들처럼 나도 아티스트야. 난 드럼과 플루트를 연주하는데 마을에 있는 청년 아티스트들과 모여서 연습하기도 하고, 마을에 방문객이 오면 그들을 위해 공연을 하기도 해.

모모 - 그럼 언제나 이곳 딸란디그에서 지내는 거야?

키누요그 - 한국의 정토회와 함께하는 평화캠프를 진행할 때는 가끔 마을을 떠날 때도 있어. 하지만 평소에는 마을에서 지내. 난 이곳에서 여러 분야에 걸쳐 예술 공부를 하고 있어. 어렸을 때부터 해온 공부인데 요즘엔 플루트피리 만들기를 가장 열심히 하고 있고.

모모 - 플루트를 만든다고? 이곳 사람들은 정말 모두 다재다능한 것 같아!

키누요그 - 응.웃음 플루트는 어렸을 때부터 많이 갖고 놀았어. 그냥 놀면서 만들다가 2006년부터는 본격적으로 플루트를 만들기 시작했으니 이제 3년 정도 됐네. 와와이가 나의 멘토야. 플루트는 보통 대나무로 만드는데 우선 플루트 형태를 대나무로 만들고 대나무 표면에 조각을 하면 돼. 플루트 한 개 만드는 데 약 3~4일 정도가 걸려. 생각보다 그리 오래 걸리진 않지? 그리고 이 마을엔 이걸 만들 수 있는 사람이 꽤 많아서 우리에겐 그렇게 신기한 일은 아니야.

모모 - 이게 신기한 일이 아니라는 게 너무 놀라워! 그럼 매일 매일 플루트를 만드는 거야? 너의 일상이 궁금해.

키누요그 - 나는 하루에 꽤 많은 일을 하는 것 같아. 우선 아침을 먹고 플루트 연습을 1시간 정도 해. 그리고 그림을 그리러 가지. 지금 우리 마을에서 진행하고 있는 1000개의 소일Soil 페인팅 프로젝트를 위한 그림을 그리는데, 마을에 사는 사람들 대부분이 참가하고 있어. 옆집에 가면 그림을 그리고 있는 사람을 볼 수 있을 거야. 아마 알제이도 그리고 있을걸?

모모 - 그렇구나. 역시 딸란디그는 아티스트 마을이었어. 웃음 아까 정토회 이야기를 했는데, 어떤 일을 하는 건지 좀 더 자세히 말해 줄 수 있을까?

키누요그 - 정토회에 대해선 알고 있니? 정토회는 한국의 불교 사회활동 단체인데, 이곳 민다나오에서도 활동하고 있어. 평화캠프와 평화의 대화 Peace Dialogue라는 활동을 하는데 나는 거기에서 활동해. 정토회와 함께한 평화캠프는 정말 좋은 경험이었어. 무엇보다 교육에서 소외된 깊은 산속마을 민다나오 사람들을 도와줄 수 있어서 좋았지. 외딴 산속에 부족을 이루고 사는 사람들에겐 정부의 손길이 거의 닿지 않는다고 보면 돼. 그러다보니 교육이 잘 이루어지지 않는 편이지. 그런 마을에 들어가 아주 기본적인 글을 쓰고 읽는 방법부터 간단한 셈하기 등 산수를 가르쳐.

모모 - 그럼 너도 캠프 선생님으로 참가했던 거야?

키누요그 — 평화캠프에서는 가르치는 일도 있지만, 몸을 쓰는 일도 많아. 마을이 깊은 산속에 있다 보니 마을까지 가기 위해서 길을 만들어야 하고, 마을에 가서도 길을 내거나 고치는 일, 학교 짓기 등의 일들도 하거든. 작년에는 한국에서 온 사람들과 함께 우리 마을에 평화의 강당Hall of Peace을 함께 지었어.

모모 — 예술가에, 선생에, 건축 기술자까지. 넌 정말 많은 일을 하는구나. 그런데 아까 말한 '평화의 대화'라는 건 어떤 것이야?

키누요그 — 평화의 대화는 우리들 자신이 누구인지, 우리의 문화는 어떤 것인지 서로 이야기를 나누면서 내가 아닌 다른 사람들, 그리고 그가 속한 부족 문화를 이해하는 시간을 갖는 것이야. 궁극적으로는 서로 존중하며 함께 평화롭게 살자는 이야기를 하는 것이지. 너도 알다시피 민다나오엔 무슬림과 기독교도들 간의 종교분쟁이 심한 곳이잖아. 분쟁을 해결하는 데 도움이 되고자 시작되었던 것 같아.

모모 — 그런 대단한 일들을 하는 사람들이 있구나. 멋져! 원래 평화 활동에 관심이 많았어? 어릴 때 꿈은 뭐였어? 그리고 지금 어떤 꿈을 꾸고 있는지도 궁금해.

키누요그 — 난 어렸을 때 군인이 되고 싶었어. 하지만 크면서 생각이 바뀌었지. 웃음 지금 난 그냥 단순한 사람이 되고 싶어. 평화롭게 살고 싶고. 그리고 이 마을에 살면서 우리의 문화를 계속해서 지켜나가고 싶어. 우리의 정체성인 문화를 지키는 것이 어렵지만 그걸 지키는 것은 정말 중요한 일이니까. 그리고 우리의 문화를 다른 사람들에게도 알리고 싶어. 군인이 되고 싶다던 어린 시절의 나와는 많이 다르지?

지금 내 꿈은 다음 세대에게 내가 배운 것들을 나눠주는 것이야. 우리의 삶과 언어, 문화가 얼마나 소중한지 다음 세대에게 알려주고 싶어. 문화라는 것은 변하는 것이지만, 난 우리만의 특별한 문화를 잘 보존하는 게 중요한 일이라 생각해.

　자신들만의 특별하고 아름다운 문화를 다음 세대에게 전해주는 것을 꿈이라고 말하는 스무 살 키누요그. 나는 과연 그런 생각을 해본 적이 있었나. 나는 세상을 여행하고 싶다, 다양한 경험을 하고 싶다 등의 생각만 하면서 청소년기를 보내고 스무 살이 되었는데, 이곳 필리핀 오지에 사는 스무 살 키누요그는 내가 생각한 스무 살과 너무 다른 이야기를 하고 있었다.

　전통을 지켜나가는 일의 중요성을 이야기하는 키누요그의 이야기를 들으면서, 사람들이 가지고 있는 꿈의 다양함은 내가 어림짐작할 수도 없을 만큼 방대하다는 걸 느꼈다. 사람마다 다른 모양의 눈, 코, 입을 가지고 있듯 모두 다른 꿈을 꾸며, 다른 재능을 가지고 태어난다. 그런데 이 세상은 그 모든 것을 감당하기 버거웠던 걸까. 사람들의 다양한 개성은 위협받고, 문화의 다양성도 존중받지 못한 채 획일화되고 있다. 결국 문화의 다양성을 지키는 것은 나 자신이 나답게 살아가기 위해서도 매우 중요한 문제라는 생각이 들었다.

이런 문제를 일찌감치 깨닫고 실천하는 키누요그가 참으로 대단해 보였다. 그리고 내가 아끼고 좋아하는 마을 딸란디그에 키누요그와 같은 스무 살들이 있기에 마을이 보존된다는 것을 깨달았다.

동티모르

익숙한 곳으로 들어가 바라보다

익숙한 거리,
익숙한 사람들

STORY 01

필리핀 민나나오에서 동티모르로 가는 길은 오래 걸렸다. 인도네시아 발리를 경유해 티모르섬의 서쪽인 인도네시아령 서티모르로, 거기에서 다시 미니버스를 타고 국경까지 가서 비자를 발급받아 몇 시간을 더 달린 후에야 동티모르에 도착할 수 있었다. 무려 3일간의 긴 여정, 민다나오에서 적당히 쉬면서 여행을 했기에 망정이지 아니면 이 힘든 여정을 소화하기 힘들었겠구나 싶었다. 발목 상태가 그리 좋지 않았기 때문이다. 그러고 보니 내가 발목을 처음 다친 곳도 이곳 동티모르에서였다.

고등학교 3학년 때, 6개월간 동티모르에서 인턴십을 할 때였다. 7월과 8월 사이 진행되는 평화학교 도우미를 하면서 내가 주로 한 일은 아이들과 노래 부르고, 뛰어놀고 게임하는 것 등이었다. 그러나 동티모르 사람

EAST TIMOR : 098

들이 쓰는 테툼어는 물론, 그곳 어른들이 쓰는 인도네시아어조차 할 줄 몰랐던 나는 어떻게 아이들에게 다가가야 할지 몰라 처음에는 많이 당황했다. 전기가 들어오지 않는 곳에서 매일 밤 촛불을 켜놓고 테툼어를 공부하기 시작했다. 그러자 어느새 말문이 트였다. 꾸준히 공부하기도 했지만 어쩔 수 없이 말을 해야 하는 상황도 자주 생기고 아이들과 자주 부딪치다 보니 조금씩 트이기 시작한 것이다.

조금 익숙해질 무렵 어느 날, 말레랏 마을에서 아이들에게 평화의 메시지를 전달하는 게임을 하다 그만 넘어져 발목을 심하게 다치고 말았다. 넘어진 나를 보고 게임을 하다 멈춘 아이들은 뭐가 그리 재밌는지 배

동티모르에서 자원활동을 하는 친구들.

다른 사람의 고통을 나누는 일은 중심을 잡고 묵묵히 걸어가지 않고서는 힘들다.

동티모르 평화캠프에서 만난 아이들(위)과 그들이 사는 난민촌(아래).

를 잡고 웃고, 머쓱해진 나는 아이들과 같이 웃으면서 일어나 응급처치를 했다. 그러나 시간이 지나도 통증이 가라앉지 않았다. 응급처치를 해서 큰 문제는 없을 것이라 생각했는데 제대로 치료를 안 했기 때문에 조금만 걸어도 아프곤 했다. 버스도 들어오지 않는 산골짜기 마을에서 더 치료할 수 있는 방법도 달리 없었다. 때마침 말레랏 마을에서의 활동 기간이 끝나고 다른 마을로 가야 했다.

마을을 떠나면서 활동가들의 도움을 받아 버스 타는 곳까지 걸어가다 그만 다리에 힘이 풀려 털썩 주저앉고 말았다. 순간 나도 모르게 울음이 터져 나왔다. 주변 사람들은 얼마나 아프면 이렇게 심하게 울까 싶어 나를 달래느라 바빴다. 나는 아픈 것도 아픈 것이지만, 집을 떠나 6개월간 오지에서 안간힘을 쓰면서 생활했던 것 등이 겹쳐져 울음이 그치지 않았다. 한참을 소리 내 펑펑 울고 나자 신기하게 속이 시원해졌다. 그리고 언제 그랬느냐는 듯 자리에서 일어나 버스를 타러 혼자 절뚝거리며 걸어갔다.

인턴십을 하면서 힘들게 지냈던 동티모르를 다시 가고 싶었던 것은 그곳에 잠시 머물면서 그곳 사람들처럼 살아보고 싶었기 때문이다. 나의 마지막 청소년기를 보냈던 곳, 그래서 나를 성장시켜 준 그곳에 이번에는 그들의 일상 속에 스며들어 잠시라도 그들이 되어보고 싶었다.

다른 사람과 고통을
나눈다는 것에 대하여

STORY 02

늘 그랬듯, 해가 떠오름과 동시에 하루가 시작된다.

아침이면 빗자루로 마당을 쓰는 소리, 닭들의 울음소리, 아이들의 재잘

대는 소리가 들린다. 나는 간단히 세수를 하고 아침을 먹고, 구석구석 청소

를 한다. 공책에 글을 끼적이기도 하고, 책을 읽기도 하고, 쨍쨍 해가 나면

빨래를 해서 널기도 한다. 동티모르의 수도 딜리에서 나는 일상을 보내고

있다.

- 2009년 11월 23일 일기 중

동티모르의 수도 딜리에 도착한 후 매일 내가 한 일은 청소하고, 빨래

하고, 책도 읽으면서 그저 일상을 보내는 일이었다. 옆집에 사는 아이들

과 놀기도 하고, 파울로 코엘료의 《연금술사》를 읽기도 하고, 여행 이야기를 블로그에 올리기도 하고, 산책을 하거나 오래 낮잠을 자기도 했다. 그렇게 일주일쯤 지냈을까? 동네를 일없이 산책하는 나를 보고 봉사활동하러 온 친구가 이해가 안 된다는 표정으로 물었다.

"이렇게 멀리까지 와서 할 일이 그렇게 없어? 나는 이곳에 밥하러 온 것 같은 느낌이 들어서 너무 힘들어. 난 분명히 평화를 위해 이곳에 왔는데, 내가 하고 있는 일이 과연 평화를 위해 하는 일인가 의문이 생겨. 밥하는 게 뭐 그리 큰일도 아닌 것 같고."

나는 그 친구의 생각을 충분히 이해할 수 있었다. 입장 바꿔 만일 내가 지금 봉사활동 하러 왔다면 나처럼 '노는' 사람이 이해가 되지 않을 것이었다. 그리고 평화를 위해 무슨 일인가를 하겠다고 큰맘 먹고 왔는데 그것이 밥만 하는 일이라면.

물론 그 친구가 말한 '밥만 한다'는 것이 일상의 크고 작은 일들을 매일매일 해낸다는 의미라는 것을 내가 모르는 것은 아니다. 나도 그랬다. 2008년 6개월간의 동티모르 인턴십 때, 프로젝트가 계속 이어지는 것도 아니고 하루 종일 바쁜 것이 아니다 보니 다소 지루한 일상을 보내는 시간도 있었다. 하지만 모든 것은 시간이 지난 후에 비로소 느낄 수 있다.

평화활동이라는 것이 어떠한 것인지 아직도 나는 잘 모르겠다. 그러나 동티모르에서 6개월간의 인턴십을 하면서 평화활동이란 것이 사람들이 생각하는 것과는 크게 다르다는 것만은 분명하게 깨달았다.

사람들은 흔히 평화활동이라고 하면 재해나 분쟁으로 인해 긴급구호 팀이 한 나라, 또는 도시에 들어가 사태를 수습하고 당장 집과 일터를 잃어버린 사람들을 위해 활동하는 것을 생각한다. 그것은 마치 한 그루의 나무가 잘 자라게 하기 위해 화분에 흙을 채우고 씨앗을 심는 것과 같다. 그러나 씨앗이 잘 자라는지 살펴보면서 잡초도 뽑아주고 영양분을 주면서 지켜보는 것도 평화활동이다. 이렇게 하는 평화활동은 긴 호흡이다. 둘 다 필요한 일이지만 전자의 경우는 꾸준히 지켜보는 힘이 부족할 수도 있고, 후자의 경우는 그 긴 호흡을 지켜나가는 것이 매우 힘들 수도 있다.

특히 전쟁이나 자연재해가 휩쓸고 간 후 아무것도 없는 상황에서 삶을 다시 일궈야 하는 사람들과 함께하는 사람은 그 지난한 시간들을 견뎌내는 것이 더더욱 필요하다. 다른 사람의 고통을 나누는 일은 중심을 잡고 묵묵히 걸어 나가지 않고서는 힘든 일이기 때문이다.

동티모르에서 인턴십 기간 동안 하는 평화활동이란 바로 후자에 속하는 것들이다. 따라서 계속 반복되는 일상이 때로는 지루하기도 하고, 뭘 하면 재미있을까 궁리하기 바쁘다.

　한국에 돌아간 후 나는 동티모르에서의 그 시간들이, 그 일상을 이겨 내는 힘이 내가 어떤 일을 하든 내 자신을, 그리고 내가 하는 일을 지탱하는 데 매우 중요한 역할을 한다는 것을 알았다. 그리고 내가 하는 모든 일이 매번 새롭거나 흥미로울 수 없으며, 어떤 일이든 지루하고 힘든 순간이 오는데 그런 순간들을 이겨내는 데에도 동티모르에서의 경험이 큰 힘이 되었다.

　인턴십 당시에는 보지 못했던 것을 시간이 지난 후 다시 돌아와 보면서 나는 그 일들이 얼마나 대단한 일인지 새삼 알아가고 있었다. 그때는 단지 힘들다고 생각만 했던 것들이 얼마나 중요한지 깨달으면서.

인도네시아

그들의 삶으로 들어가 머무는 여행

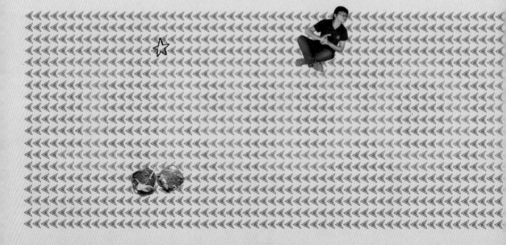

발리, 공정여행에 대해
생각하다

STORY 01

많은 사람들에게 신혼여행지로 알려져 있는 인도네시아 발리는 내가 여행을 계획하면서 염두에 두지 않았던 곳이다. 발리가 아름답다는 이야기는 워낙 많이 들었지만, 굳이 휴양지를 찾아갈 것까지는 없다고 생각했기 때문이다. 그런데 발리를 가게 되었다. 인도네시아 여행을 준비하면서 항공권 예약을 도움 받은 친구가 발리에 살고 있었는데 그 친구가 자신이 살고 있는 발리에 들렀다 가는 건 어떻겠냐고 제안한 데다, 인도네시아를 여행하면서 발리를 경유하지 않는 것 또한 쉽지 않기 때문이다.

서티모르 쿠팡에서 비행기를 타고 발리 공항에 내리자 친구가 마중 나와 있었다. 누군가 마중 나와 나를 기다리고 있다니, 여행하면서 마치 복권에라도 당첨된 기분이었다. 친구와 함께 집으로 가면서 인도네시아 돈으로 환전하기 위해 은행으로 갔다. 그런데 배낭 속을 아무리 뒤져도 달러를 넣어뒀던 지갑이 보이지 않았다. 급기야 은행에서 배낭을 뒤집고, 트렁크까지 뒤집었지만 지갑은 보이지 않았다. 달러를 넣어뒀던 지갑은 배낭 속 깊이 넣어두고 좀처럼 꺼내지도 않는 것이었다. 그런데 대체 어디로 갔단 말인가.

눈앞이 캄캄해지고 눈물이 쏙 빠졌다. 언제 마지막으로 지갑을 확인했는지 기억을 더듬었지만 그조차 잘 기억이 나지 않았다. 다만 깊은 곳에 잘 숨겨 뒀다고 생각해 방심한 채 사람들이 많이 지나다니는 곳에 두었던 것이 생각났다. 달리 방법이 없어 가방을 정리해 친구 집으로 갔지만 흥분된 마음은 가라앉지 않았다. 원래 작은 걸 잃어버려도 신경을 많이 쓰는 편인데 여행 경비로 쓸 대부분의 돈이 들어 있는 지갑을 잃어버렸으니 그럴 수밖에.

내 자신을 원망하며 실낱같은 희망을 갖고 뒤졌던 가방을 뒤지고 또 뒤졌지만 지갑은 끝내 나오지 않았다. 발리에 무사히 도착했고, 친구도 만났으니 기뻐해야 하는 상황이었지만 지갑 때문에 나는 점점 우울의 늪에 빠지고 있었다. 그러다 문득 내가 읽고 있던 파울로 코엘료의 《연금술사》 주인공 산티아고가 생각났다. 세상을 여행하고 싶어서 양치기가 된 그는 여행길에 자신의 전 재산을 도둑맞았지만 그것이 오히려 전화위복이 되어 더 멋진 여행을 한다.

'그래. 산티아고는 가진 모든 걸 잃었지만, 나는 일부를 잃어버린 거잖

아. 내 배낭이 통째로 없어진 것도 아니고, 내 카메라를 도둑맞은 것도 아니니 다행이야.'

　사실 그 상황에서 긍정적인 사고를 하는 것은 불가능한 일처럼 보였는데, 정말 신기하게도 마음이 조금씩 풀어지기 시작했다. 조금 더 오버를 하며 '그래, 이 정도 일은 생겨줘야 여행이 좀 더 재밌는 거겠지? 속은 좀 쓰리지만, 나중에 모험담처럼 말할 수 있는 이야기거리도 생긴 거고' 라고까지 생각하게 됐다.

　이렇게 생각을 하다 보니 정말 거짓말처럼 조금씩 마음이 풀리고 긍정적인 마음으로 내가 처한 상황과 마주할 수 있었다. 하지만 내가 책에 나오는 인물도 아닐 뿐더러, 성자도 아닌 탓에 한동안 잃어버린 지갑은 머릿속에 불쑥불쑥 떠올라 나를 짜증나게 했다.

이튿날 친구는 출근을 하고, 나는 동네를 산책하며 하루를 보냈다. 친구가 살던 집은 발리의 유명한 해변 중 하나인 쿠타비치와 불과 걸어서 5분밖에 걸리지 않는 곳이었다. 나는 카메라만 들고 쿠타비치로 나갔다. 해는 뜨겁게 머리 위에서 내리쬐고, 끝이 보이지 않는 긴 해변을 터벅터벅 걷는데 도무지 재미가 없었다. 너무 더워서 그런가, 혹은 어제 잃어버린 지갑 때문일까. 뭔가 유쾌하지 않은 기분이 계속됐다. 그러다 기분도 전환시킬 겸 아이스크림을 하나 사기 위해 잠시 가게 앞에 멈춰 서서 해변을 바라보다 그 불편한 기분의 정체를 비로소 알 수 있었다.

태양이 내리쬐는 해변에서 한가로이 선탠을 하고 있는 사람들, 형형색색의 서핑 보드를 들고 바다로 향하고 있는 사람들, 바다에서 열심히 수영을 하고 있는 사람들 한편에는 장신구를 들고 다니면서 파는 사람들, 헤나 디자인이 그려진 책을 가지고 다니며 헤나를 권유하는 사람들, 음료수가 든 리어카를 끌고 다니는 사람들이 있었다.

그것은 말로 형용하기 힘든 불편함이었다. 그러고 보니 발리에서 나는 인도네시아 사람보다 외국인을 훨씬 많이 보았고, 인도네시아 음식을 파는 식당보다 세계 각국의 음식을 파는 식당들을 더 많이 보았다. 해마다 엄청난 관광객이 찾는 섬인 만큼 그들을 위한 시설이 잘 갖추어져 있는 곳인 발리. 끝이 보이지 않는 유명한 해변 옆으로는 체인 호텔들과 리조트, 조금 더 안으로 들어가면 저렴한 게스트 하우스들이 즐비해 있었다. 발리는 인도네시아라기보다는 저렴한 물가와 편리한 시설, 따뜻한 기후를 가진 거대한 워터 파크 같았다.

'내가 여기에서 뭘 하고 있지?'

아이스크림이 녹아 흘러내릴 때쯤 퍼뜩 정신이 들었다. 눈에 보이는 것을 내 잣대로만 판단하고 있는 나. 누구의 이야기도 들어보지 않고 누구의 사정도 알지 못한 채 사람들을 하나로 싸잡아서 판단하고 있는 나는 누구지?

누군가는 이곳에 오기 위해 정말 열심히 일을 해 돈을 모았을 수도 있고, 누군가는 가족을 부양하기 위해 관광객이 좋은 수입원이 될 수도 있는 것 아닐까? 그런데도 나는 여행자는 착취자, 물건을 파는 사람들은

피착취자로 이미 마음속에 정해놓고, 그 상황을 비난하고 있다. 물론 많은 나라에서 잘못된 관광산업이 정착돼 심각한 문제가 되기도 하고, 그로 인해 피해를 입은 것도 적잖지만 내가 지나가면서 들은 정보들만을 가지고 모든 상황을 삐딱하게 바라보는 것은 잘못된 건 아닐까? 나는 일반 여행자와 다른 여행을 해보자는 생각에 공정여행을 하고 있는데 그렇다면 과연 공정한 여행이란 무엇일까?

스스로 공정여행에 대한 깊은 고민 없이 사람들로부터 들은 말만으로 선입견을 갖고 있는 내가 피곤하게 느껴졌다. 아이스크림도 더는 시원하지 않고 달착지근한 것이 더 목만 마르게 해 나는 서둘러 친구 집으로 돌아갔다.

아름다운 휴양지 발리에서 나는 공정여행에 대한 깊은 고민에 빠져 미처 그 아름다움을 느낄 수 없었다.

그들처럼 오토바이를 타고
그들처럼 장을 보고

STORY 02

인도네시아 수도 자카르타는 자바 섬에 있다. 발리를 떠나 내가 간 곳은 그 자바 섬의 족자카르타란 도시. 줄여서 '족자'라고도 하는 이 도시는 바틱독특한 기하학적 무늬를 염색하는 방식으로 유명한 도시이기도 하다. 또한 보도부두르란 불교 유적과 프람바난이란 힌두 유적으로도 매우 유명한 곳이다. 내가 이 도시를 찾은 것은 2009년 동티므로 캠프에서 만난 친구 아레타가 살고 있기 때문이다. 아레타는 당시 공부를 위해 족자카르타에 와 있던 중이었는데 그는 '평화와 분쟁'에 대해 공부하고 있었다.

아레타의 기숙사에서 열흘 정도 머물면서 나는 아레타와 함께하는 시간, 그리고 여행자가 아닌 생활자로 인도네시아 사람들 속으로 들어갈 계획이었다. 그러나 아레타가 나와 같이 늘 시간을 보낼 수 있는 것이 아니다 보니 아레타가 아침에 나가면 혼자 책을 읽거나, 기타를 치며 노래하다 아레타가 돌아오면 그제야 함께 나가 주변을 돌아다녔다.

하루는 하루 종일 방안에만 있는 내가 답답해 보였는지 아레타는 유명한 사원 보로부두르와 프람바난을 둘러보고, 그 외 술탄이 살았던 궁전 등을 둘러보라고 권유했다.

나는 아레타가 권한 사원 중 하나인 보로부드르에 갔다. 아무리 유명한 사원이라고 해도 딱히 가고 싶어 간 것이 아닌 데다 날도 무진장 더웠기 때문에 큰 감흥을 얻지 못했다.

더위에 지쳐 기숙사로 돌아가는 버스를 탔는데 버스 안에 탄 사람들이 보기에는 내가 외국인이다 보니 다들 힐끔거리고 쳐다봤다. 그런데 한 아저씨가 나에게 일본어로 말을 걸어왔다. 당연히 영어로 물어볼 거라 생각하고 있었는데, 누군가가 나에게 일본어로 말을 걸어왔다는 것이 신기했다. 일본어로 물어보니 나 역시 일본어로 답할 밖에. 한국인과 일본인, 중국인을 구별하는 것이 쉽지 않은데 그 아저씨는 나의 어떤 면을 보고 일본인이라고 생각했을까 궁금했지만, 일본어로 말레이시아 아저씨와 대화를 한다는 것이 의외로 즐거웠다.

이상하게도 족자카르타에서는 혼자 다니는 것에 대한 두려움이 있었다. 길을 잃었다 해도 아레타에게 전화하면 그만인데 이상하게 불안한 마음이 지속됐다.

나는 내가 아레타에게 많이 의지하고 있다는 사실을 알았다. 재미있는

여행을 할 수 있는 많은 기회를 시도하지도 않은 채 지레 짐작해서 끊어 버리고 있다는 것을 기숙사로 돌아가면서 비로소 깨달았다. 나는 겁쟁이였던 것이다.

태어나는 순간부터 여행을 떠나기 전까지 나는 철저히 혼자만의 시간을 보낸 적이 없었다. 초등학교 때까지는 가족과 함께했고, 중고등학교 시절에는 기숙사 생활을 하면서 24시간 친구들과 함께했고, 졸업한 후에도 크게 달라진 건 없었다. 여행을 떠나왔지만 일본에서도 친구가 있었고, 그들과 함께했다. 족자카르타에서도 나는 은근히 아레타와 함께하리라고 생각했던 것이다.

여행을 시작하자마자 혼자 모든 것을 잘하고, 새로운 일에도 두려움 없이 도전하는 것은 사실 무리가 아닐까? 나는 나를 위로하면서 혼자 하는 일에 용기를 내기로 했다. 앞으로 남은 여행 과정은 결국 그것의 연속이며, 삶도 마찬가지라는 생각이 들었다.

다른 동남아시아와 마찬가지로 인도네시아에서도 많은 사람들이 교통수단으로 오토바이를 이용한다. 어릴 때부터 겁이 많은 편이었지만 인도네시아에 머무는 동안 그들처럼 오토바이를 타고 싶어졌다. 너무 빠르지 않게, 그러나 뒤에 오는 차를 방해할 정도로 너무 느리지 않게 속도를 조절하는 것, 기우뚱거리지 않고 중심을 잡으며 운전을 하는 것 등은 생각보다 어려운 일은 아니었다. 그래도 혼자 배웠다면 쉽지 않았을 텐데 아레타가 옆에서 포기하지 않고, 참을성 있게 기다리며 가르쳐 준 덕분에 나는 이내 익숙해질 수 있었다.

불과 열흘이었지만 그들처럼 오토바이를 타고, 그들이 장을 보는 시장에 가서 장을 보고, 그들이 먹는 음식을 함께 먹고, 그들이 공부하는 학교 기숙사에서 함께 기숙하며 나는 인도네시아 속에 스며든다는 생각이 들었다. 그러던 어느 날, 내가 묵고 있던 기숙사 방 바로 옆의 이카가 스무 살이라는 말을 듣고 인터뷰까지 할 수 있었다.

나에게 기숙사 방 한쪽을 기꺼이 내준 아레타(왼쪽)와 그녀의 친구들 덕분에 족자카르타에서의 여행은 그 어떤 곳보다 따뜻했다.

족자카르타에 있는 유명한 사원 보로부두르 풍경. 아래타의 권유로 갔지만 딱히 가고 싶어서 간 것이 아닌 데다 날도 무진장 더워 큰 감흥을 얻지 못했다. 아름다움을 볼 수 있는 것도 결국 내 마음에 있다.

"비즈니스 우먼으로 성공하고
 아이도 낳아서 잘 키우고 싶어"

스물셋에 결혼하고, 스물다섯에 아이를 낳고 싶다는 이카.

인도네시아 명문대학교 중 하나인

UGM University of Gadjah Mada에서 통계학을 공부하면서

인생 플랜이 확실한 이카와의 인터뷰.

모모 - 이곳 족자카르타에선 언제부터 살기 시작한 거야?

이카 - 난 가족이랑 원래 자카르타에 살았어. 부모님과 남동생 둘과 함께. 하지만 공부를 하기 위해 2년 전에 혼자 이곳 족자카르타에서 살게 된 거야. 학교를 위해 어쩔 수 없이 옮겨온 것이지.

모모 - 공부하는 것 말고 대학 생활은 어떤지 궁금해.

이카 - 친구들과 함께 학생회 같은 것을 만들었어. 각각 다른 세 개의 전공 학생들이 모여 있는데 학기 초 신입생들이 잘 적응할 수 있도록 도와주는 등의 일을 하지.

모모 - 열심히 대학생활을 하는구나! 그런데 어렸을 때부터 통계학과 관련해서 관심이 있었던 거야? 어렸을 때 꿈이 뭔지 궁금해.

이카 - 난 비즈니스 우먼이 되고 싶었어. 어렸을 때부터 멋져 보이더라고. 그게 여전히 나의 꿈이기도 해. 회사에 들어가 나의 전공인 통계학과 관련한 일을 하고 싶어. 학교를 마치고 일을 시작하면 아마 예측이나 통계와 관련된 회사에서 일하게 되겠지?

모모 - 회사에서 일하는 것 말고 또 다른 꿈이 있다면 무엇인지 궁금해.

이카 - 난 최대한 빨리 결혼을 하고 싶어. 웃음 결혼해서 좋은 아내와 좋은 엄마가 되는 것이 내 꿈이야. 내 어릴 적 꿈인 비즈니스 우먼과는 사실 함께

병행하기 힘들 것 같기도 하지만 말이야. 인도네시아에서는 대부분의 남편들이 늦게까지 일하는 아내를 별로 좋아하지 않거든. 그러니 결혼하기 전에 남편될 사람과 먼저 상의를 해야겠지? 일은 하지만 너무 늦게까지 하지 않는다든가, 아이를 가지기 전까지 일을 하다가 잠시 쉰다든지 하는 방법을 찾겠지. 그러려면 일단 졸업 후 회사에 들어가서 열심히 일을 하며 기반을 다진 후에 아이를 가져야 할 것 같아. 지금 생각에는 스물세 살에 결혼을 하고, 스물다섯 살에 아이를 가지면 좋겠어! 아이는 두 명 정도가 적당한 것 같고. 웃음

나는 꽤 어릴 때부터 결혼하지 않겠다고 말했다. 아주 어렸을 때는 왜 그랬는지 잘 모르겠지만 세계의 분쟁 지역을 돌아다니는 활동가가 되고 싶다는 꿈을 갖게 되었을 때는 결혼을 하는 것보다는 혼자 사는 게 낫지 않겠나 생각했기 때문이다.

그런데 이번에 만난 스무 살 이카는 졸업하고 바로 취직해 하고 싶은 일을 하고, 결혼도 해서 두 아이의 엄마가 되고 싶다는 꿈을 갖고 있었다. 나는 어른이라고 생각하기보다 아직도 아이 또는 청소년에 가깝다고 생각하고 있었는데 같은 스무 살 이카는 이렇게 결혼에 대한 이야기도 하고, 아이에 대한 이야기도 하고 있었다.

이카와 함께 결혼에 대해, 결혼 후 자신의 꿈에 대해 이야기하다 문득 동티모르 평화캠프를 마치고 수도인 딜리로 돌아가는 길에 한 마을에

서 머물다 만난 친구가 생각났다. 당시 그 친구 나이는 나와 같은 열여덟 살. 그때 그녀는 결혼을 준비하고 있었다. 상대는 자기보다 훨씬 나이가 많은 사람이었다. 당시 나는 그녀의 결혼 이야기를 듣고 마음이 아팠다. 자신의 꿈에 대해 고민하고, 그 꿈을 이루기 위해 노력도 제대로 못하고 너무 어린 나이에 결혼하는 게 마음이 아팠던 것이다.

하지만 그때의 나는 하나만 알고 둘은 모르는 바보가 아니었을까 하는 생각이 든다. 왜냐하면 세상에는 다양한 사람들이 각자의 삶을 살아가고 있는데, 나는 나의 기준으로 사람들의 행복을 판단하고 있었다. 그리고 결혼을 하고, 아이를 낳고, 가정을 꾸리고 살아가면서 그들의 버팀목이 되는 엄마가 된다는 것이 정말 중요하고, 멋지고, 살면서 꼭 경험해야 할 일들 중 하나일 텐데 나는 나도 모르게 그 일을 조금 '덜 중요한 일'로 받아들이고 있었다. 내가 이런 생각을 하게 되었다는 게 신기하다. 이러면서 나도 점점 '어른'이 되어가는 게 아닐까.

내 인생에서 가장 중요한 것이 무엇인지는 잘 모르겠다. 소중한 게 너무 많기 때문이기도 하지만, 어린 시절 나에게 중요했던 것들이 더 이상 중요하지 않아지기도 했으며, 예전에는 내가 생각하지도 못했던 것들이 너무도 소중해졌기 때문에 함부로 이렇다 저렇다 말할 수는 없을 것 같다. 하지만 나도 언젠가 이카가 꾸는 꿈과 같은 삶을 살았으면 하는 생각이 들었다. 내가 어떤 일을 하게 되든, 어디에서 살든, 어떤 꿈을 꾸든 상관없이 행복한 가정을 꾸리고, 알콩달콩 재미있게 사는 그런 삶 말이다.

경계에 관한 생각

STORY 03

인도네시아 가장 서쪽에 있는 아체는 2004년 쓰나미로 인해 무려 20만여 명의 사망자와 실종자가 발생한 곳이다. 쓰나미 이후 아체로 들어간 NGO 단체 '개척자들'은 쓰나미로 상처받은 사람들과 함께 생활하면서 그들의 상처가 조금이나마 치유되고, 평화가 싹틀 수 있었으면 하는 바람을 가지고 아체에서의 활동을 시작하였다. 예전부터 '개척자들'을 통해 이야기를 많이 들어온 아체였기에 인도네시아에 온 김에 꼭 가고 싶다는 생각을 했고, 말레이시아에 가기 전 아체를 들렀다 가기로 계획을 짰다.

자카르타에서 아체로 바로 가는 비행기를 탈 수도 있었지만, 한 달 동안 머물 수 있는 비자를 받았던 터라 그 비자로 아체까지 가는 건 시간상 무리였다. 그래서 선택한 방법은 자카르타에서 말레이시아 쿠알라룸푸

르를 경유해 아체로 가기로 하고 비자는 아체에서 도착비자를 받는 것이었다. 그런데 아체에 도착해서 비자를 받을 수 있는 곳을 아무리 찾아도 보이지 않았다.

'어, 분명히 이쯤엔 있어야 하는데…….'

공항 구석구석을 돌아다녔지만 비자를 발급하는 곳은 없었다. 두 다리의 힘은 빠지고, 머릿속은 하얘졌다. 옆에 있던 외국인들에게 물어보니, 아체 비자는 다른 나라에서 출국하기 전 받고 들어와야 한다는 것이다. 그 짧은 순간 얼마나 많은 생각들이 내 머리를 스쳐 지나갔는지 모른다.

'비자 없이 인도네시아에 들어갈 수 있는 방법은 없겠지?'

'그럼 지금 다시 말레이시아로 돌아가야 하나? 아니, 돌아갈 수는 있을까? 혹시 영화 〈터미널〉의 톰 행크스처럼 공항에서 지내야 하는 건가?'

'말레이시아로 돌아간다고 해도 비자를 받으려면 오래 걸리는 거 아닌가?'

'내가 왜 그 종이 쪼가리 하나 때문에 이 고생을 해야 하는 거지.'

불안한 마음으로 이 생각 저 생각을 하다 도저히 답이 나오지 않아 항공사 직원에게 가서 상황을 설명했다. 그러자 직원은 몹시 당황한 표정으로 어디론가 전화를 걸었다. 그러더니 나를 데리고 비행기를 향해 엄청난 속도로 달리기 시작했다. 상황 파악을 할 수 없어 막 따라 뛰고 있는 내게 항공사 직원이 소리치듯 말했다.

"다시 말레이시아로 돌아가는 비행기는 오늘 이것이 마지막이에요. 이걸 타고 말레이시아로 돌아가야 해요!"

나는 막 이륙하려던 비행기에 겨우 올라탔다. 다시 말레이시아로 돌아가는 것이었다.

영화에서나 나올 것 같은 일이 생기다니. 숨을 헐떡거리며 자리에 앉아 나에게 일어난 일을 곰곰 생각해 보니 너무 어이가 없어서 눈물이 날 지경이었다. 아체행 비행기를 탔을 때 미리 내가 비자를 받았는지 확인하지 않는 항공사 직원에게도 화가 났고, 왜 그 종이 한 장이 없어서 공항 밖으로 나갈 수 없는지도 이해가 되지 않았다.

다시 인도네시아 비행기에 오른 이상 나는 다시 아체로 갈 수 있는 방법을 떠올려야 했다. 말레이시아에서 비자를 받아서 가야 하는데 비자를 발급받으려면 최소한 3~4일은 기다려야 한다. 아무런 계획 없이 비자만을 발급받기 위해 머물 수는 없는 일이었다.

또 다른 방법은 아체가 있는 수마트라 섬의 다른 공항에서는 도착비자를 받을 수 있는지 알아보고 거기서 육로로 이동하는 방법이다. 그런데 꼭 그렇게까지 아체에 가야 하나 하는 생각이 들었다. 하지만 이번이 아니면 언제 아체에 갈 수 있는지 모르는 일이었다.

이런저런 생각으로 복잡한 머리를 정리하는 동안 말레이시아 쿠알라룸프르 공항에 도착했다. 나는 일단 항공사 창구로 달려가 수마트라 섬에 다른 공항이 있는지 알아봤다. 다행히 창구 직원은 수마트라 섬에 있는 메단 공항에서는 도착비자를 받을 수 있다는 사실과 메단으로 가는 마지막 비행기에 좌석이 남아 있다고 말했다. 달리 다른 방법을 생각할 겨를도 없었지만 도착비자를 받을 수 있는 공항이 있고, 티켓이 있다는 사실이 기적 같았다. 심지어 저가항공이었다. 메단행 비행기에서 어느새 스스로 나는 운이 좋다고 생각했다.

하지만 문제는 메단에 도착해서였다. 아체까지 가려면 야간버스를 타고 가야 한다는데 여행하면서 야간버스가 있을지, 야간버스를 타는 일은 괜찮은 건지 걱정이 됐다. 그렇다고 아무 정보도 없는 메단에서 하룻밤을 잘 수는 없는 일. 나는 가이드북을 뒤져 야간버스가 있다는 것을 알아내 메단에 도착하자마자 비자를 받고 아체행 야간 버스에 몸을 실었다.

야간버스를 타고 아체로 가면서 비로소 하루 동안 일어난 일이 꿈처럼 지나갔다. 어떻게 하루에 이렇게 많은 일이 일어날 수 있을지 마치 내가 영화 속 주인공이라도 된 것 같았다. 하루에 4번씩 비행기를 갈아타다니. 그것도 인도네시아 아체까지 갔다 다시 말레이시아 쿠알라룸푸르로

되돌아와 인도네시아 메단행 비행기를 타고 다시 야간버스를 타고 아체로 가다니.

그리고 왜 비자라는 것이 있어야만 다른 나라로 갈 수 있는 것인지, 그 비자의 기준도 왜 나라마다 다르게 적용되는 것인지, 비자나 여권이라는 것도 사람들의 편의를 위해 만들어졌을 텐데 왜 이렇게 자유롭게 돌아다니는 걸 가로막게 되었는지 궁금해졌다. 경계에 갇혀 더 이상 누군가의 허락 없이는 다른 나라로 갈 수 없는 사람들의 처지가 좀 딱하다는 생각이 들기도 했다. 옛날엔 다 같이 지구에 사는 사람이었을 텐데 우리가 그어놓은 선에 우리 자신을 가두어 놓고 있다는 생각이 들었다.

사람들이 비자나 국경에 대해서 이야기할 땐 사실 크게 와 닿지 않았는데, 내가 이런 상황에 처하고 보니 이 모든 문제가 예사롭게 보이지 않았다. 지구에 있는 영토를 분배해서 지배하고, 그 영토에 들어가기 위해 허락을 받고 또 돈을 내야 한다는 것이 너무나도 부당하게 느껴졌다. 새들은 자유롭게 넘나드는데, 왜 사람은 이렇게 살게 된 것일까? 생각할수록 더욱 가슴이 답답해졌다.

한동안 이런저런 생각으로 버스 안에서 잠을 이루지 못하다가 거의 해가 뜰 무렵에야 잠이 들었는데 어찌나 곤히 잤는지 잠에서 깼을 때는 이미 아체에 도착해 있었다. 그동안 친구들 집을 방문하면서 정말 편안한 여행을 하면서 슬슬 여행이 지루해질 즈음이었는데 이렇게 머리카락이 삐쭉 서는 경험을 하고 나니, 다시 여행이 흥미진진해졌다.

아체의 크리스마스

STORY 04

인도네시아는 1만7000개가 넘는 섬으로 이루어진 나라다. 그러다보니 서로 같은 나라라고 해도 각각 다른 문화적 특성을 갖고 있다. 특히 최서단에 있는 아체는 그 다른 모습을 확연하게 느낄 수 있는 곳이다. 거리에서는 히잡^{머리를 가리는 스카프}을 두른 여인들을 쉽게 볼 수 있고, 동네마다 있는 모스크에서는 하루에 다섯 번 기도 시작을 알리는 아잔이 들리고 그때마다 거리에서는 사람들이 기도하는 모습을 볼 수 있다. 그러나 아체에서는 어떤 도시에서나 볼 수 있는 손을 잡고 다니는 연인들의 모습은 볼 수 없다.

아체는 무슬림이 많은데 인도네시아에서도 가장 무슬림이 많은 도시다. 그래서 아체에서는 여행자라도 노출을 피해 긴팔, 긴바지를 입어야 하고 공식적인 일이 있을 때는 히잡을 쓰는 것이 그들을 배려하는 일이다.

반다아체에서 며칠을 지낸 후 나는 쓰나미로 황폐해진 폴로아체로 갔다. 그곳에서는 '개척자들'이 활동하고 있었다. '풀로'는 인도네시아 말로 섬이란 뜻인데, 반다아체에서 폴로아체까지는 통통배로 두 시간이 걸린다. 통통배를 타고 가면서 얼마나 뱃멀미를 했는지, 거의 기절 상태였다. 배가 해변에 도착하자 어질어질한 가운데에도 눈부시게 아름다운 해변이 펼쳐졌다. 텅 비어 있는 모래사장 위로 쏟아지는 햇빛, 줄지어 선 야자수와 푸른 바다. 마치 그림 속에 내가 들어와 있는 듯했다.

열대에서 맞는 크리스마스는 기분이 묘했다. 그것도 무슬림의 도시 아체에서 맞는 크리스마스라 특히 더 그랬다.

아체에 오고 보니 크리스마스였다. 산타할아버지가 눈썰매를 타지는 않더라도 추운 겨울의 크리스마스만 지내던 내가 뜨거운 햇살이 쏟아지는 열대에서 크리스마스를 맞게 되니 기분이 너무 이상했다. 뿐만 아니라 아체는 '무슬림의 어머니 도시'라고 할 정도로 모두 무슬림이다 보니 크리스마스 분위기를 어디에서도 볼 수 없었다.

풀로아체를 통틀어 무슬림이 아닌 사람은 나와 '개척자들'의 활동가 두 사람이 전부. 우리 셋은 머리를 맞대고 어떻게 하면 크리스마스 같은 기분을 낼 수 있을까 궁리했다. 아무리 이곳에 있어도 크리스마스는 나름 즐겨야 할 것 아닌가.

나는 자바 섬을 여행할 때 선물 받은 산타 그림이 그려진 빨간색 티셔츠와 추울 때를 대비해 여벌로 갖고 있었던 수면양말을 꺼내 벽에 걸었다. 그리고 한 친구는 컴퓨터에서 캐럴 'Last Christmas'를 찾았다. 우리 셋은 가운데 촛불을 켜고 모여 앉아 캐럴을 반복해서 들으면서 크리스마

새해맞이로 만두를 빚어 만둣국을 끓여
먹었다. 처음 만두를 빚어 다들 어설펐
지만 우리나라에서 설날에 끓여먹는 만
둣국을 함께 만들고 먹으면서 우리의
문화를 알게 해줬다는 생각이 들었다.

스 분위기를 냈다. 창밖에서는 한여름 밤의 바닷바람이 시원하게 불고, 함께 일하던 무슬림 친구들이 우리를 신기하고 재미있게 바라보고 있어도 우린 나름 크리스마스를 즐겼다.

크리스마스를 그렇게 보내고 나자 곧 있을 새해도 의미 있게 보내고 싶어졌다. 부득이 크리스마스는 무슬림 친구들이 함께할 수 없었지만 새해맞이는 모두 다 함께할 수 있는 게 뭘까 생각하다 우리는 한국에서처럼 만두를 빚어 먹기로 했다. 인도네시아 친구들은 만두가 뭔지 잘 모르지만 내가 하자니 일단 재미있을 것이라며 함께하기로 했다.

먼저 밀가루를 반죽해 피를 만들고, 여러 가지 채소를 잘게 다지고 두부와 숙주나물 등을 섞어 소를 만들었다. 한국에서도 만두를 몇 번 빚어 보지 않은 내가 재료도 구비되어 있지 않은 이곳에서 만두를 빚으려 하다니, 사실 무모한 생각이었다. 그러나 다들 열심히 만두를 만들었다. 비록 모양은 제각각이고 만두피는 두꺼웠지만 저마다 다른 모양의 만두는 웃음을 줬고 두꺼운 피는 씹는 맛이 좋았다. 그리고 무엇보다 소를 듬뿍 넣은 만둣국은 생각보다 훨씬 맛있었다!

누군가와 함께 음식을 나누어 먹는다는 것이 얼마나 큰 힘인지 나는 만둣국을 만들어 먹은 후 깨달았다. 함께 음식을 만들며 웃고, 한 상에 둘러앉아 배부르게 먹는 것은 행복을 나누는 그 자체였다. 여행하면서 순간순간 힘든 것들 때문에 지쳐가는 내게 만둣국은 다시 씩씩하게 여행할 수 있는 힘을 주었다.

자원활동은 활동적인 것만 있는 것이 아니다.
사람들이 일상에 잘 적응할 수 있도록 함께하
는 것이 중요하다. 그래서 때로 그 일은 매우
지루하게 느껴지기도 한다. 아체에서 자원활동
가로 일하던 뿌르완또와 프레자.

말레이시아

여행을 더 깊게 하는 방법

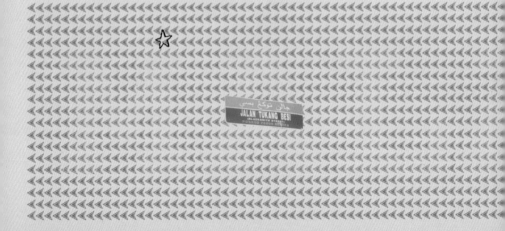

더 깊은 여행으로 들어가는
그림 그리기

나는 여행할 때 상당히 무거운 배낭을 짊어지고 다니는 편이다. 배낭 속에 유용하게 쓰이는 물건들을 이것저것 넣기 때문이다. 물론 한 번도 쓰지 않는 물건들도 간혹 있지만. 여러 번 여행을 했는데도 간단히 짐을 싸는 요령은 쉽게 익혀지지 않는다.

나의 배낭이 무거운 이유 중 하나는 여행을 할 때만 유독 심해지는 독서에 대한 욕구 때문이다. 이번 여행길에도 내 배낭 속에 들어간 책은 세 권. 알랭 드 보통의 《여행의 기술》, 파울로 코엘료의 《브리다》, 샤쿵 미팜 샤의 《내가 누구인가라는 가장 깊고 오랜 질문에 관하여》 등이었다.

알랭 드 보통은 《여행의 기술》에서 여행하다 보면 만날 수 있는 여러 상황과 주제에 대해 이야기하고 있는데, 그중 내가 가장 깊이 공감할 수

버르헌띠Berehenti는 말레이어로 '멈춤'이란 뜻이다. (위) 네덜란드가

말라카를 점령했던 1753년에 지어진 말라카 교회. (아래)

있었던 것은 '아름다움을 소유하고자 하는 사람들의 심리'에 대한 것이었다. 그에 의하면 사람들은 '아름다움을 만나면 그것을 붙들고, 소유하고, 삶 속에서 거기에 무게를 부여하고 싶다는 강한 충동을 느끼게 된다'며 사진을 찍는 것은 사람들이 가장 쉽게 아름다움을 소유할 수 있는 방법이라고 했다.

그리고 덧붙여 영국의 미술 평론가인 존 러스킨 이야기를 했다. 여행을 하며 '아름다움을 소유'하기 위해 사진 찍기 대신 데생을 한 그는, 데생을 하기 위해 대상을 바라보는 동안 사진을 찍거나 그냥 지나치면서 볼 수 없는 것을 발견할 수 있다고 했다. 사람들에게 데생을 가르치기도

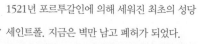

1521년 포르투갈인에 의해 세워진 최초의 성당 세인트폴. 지금은 벽만 남고 폐허가 되었다.

한 그가 가르친 것은 그림을 잘 그리는 법이 아니라, 보는 방법이었다는 것. 또 여행을 하면서 유명한 곳들을 잠깐 보고 휙휙 지나가는 것은 무엇을 보았다는 사실일 뿐이라며, 여행은 사실이 아닌 무엇인가를 제대로 보는 것이라고 이야기했다.

평소 사진 찍는 걸 좋아했던 나는 러스킨의 생각을 읽고 적잖은 충격을 받았다. 사실 사진을 찍는다는 것은 그 순간을 포착해서 나중에 기억하기 위한 것이라고 생각했다. 대상에 대해 관찰하고, 풍경을 즐기고, 만끽하기 위해서는 아니었던 것이다. 그저 지금 안 찍으면 나중에 돌아가 후회할 것 같아 아름다운 것을 보면 자동적으로 셔터를 눌렀다. 나는 왜 셔터를 누르는지 잠깐의 고민도 없이 마구 사진을 찍어대고 있었던 것이다.

아체를 떠나 간 곳은 말레이시아의 말라카. 특별한 목적지를 두지 않고 하루를 그냥 산책하며 돌아다니기로 한 어느 날, 야트막한 언덕 위에 있던 한 무너져가는 성당에 이르렀다. 천장 한쪽은 이미 다 없어져 곧 폐허가 될 것 같은 성당을 둘러보다 문득 그림을 그리고 싶다는 생각이 들었다. 《여행의 기술》 영향일까. 뜬금없긴 했지만 나는 공책과 샤프를 꺼내 그림을 그렸다. 그림을 제대로 그려본 적이 없는 탓에 제법 그럴 듯하게 보이기까지는 시간이 좀 걸렸다.

성당 앞에 앉아 한참 그림을 다 그리고 나서야 나는 비로소 존 러스킨의 말을 이해할 수 있었다. 스케치를 하기 위해 나는 성당의 모습을 꼼꼼하게 관찰해야 했다. 오래된 붉은 벽돌 사이로 자라는 연초록의 풀들과 성당이 무너지지 않도록 보수한 흔적들, 닭 모양을 하고 있는 풍향계와 창이 있었던 자리에 앉아 데이트를 하고 있는 커플들까지. 내가 그림을 그리는 동안 한 대의 관광버스가 성당 앞에 서서 사람들을 내려놓고 잠시 후 다시 일제히 태우고 떠났다. 그들은 기념사진 두어 장 찍고 내려갔다.

그들이 빠르게 나를 스쳐지나갈 때, 굉장히 묘한 기분이 들었다. 나도 원래 그들의 방식으로 여행을 했고, 사진을 찍는 것은 마치 의무와도 같았다. 그런데 사진을 찍기보다는 충분한 시간을 가지고 대상을 관찰하며 그림을 그리기로 마음먹으면서 이 성당 폐허는 그들과 나에게 조금 다른 존재가 된 것 같은 느낌이 들었다.

이후 말라카에 머물면서 나는 시계탑을 바라보며 한 시간씩 시계탑을 그리기도 했고, 일부러 모스크까지 한 시간 넘게 걸어가 그림을 그리기도 했다. 일부러 색연필을 사서 가방에 들고 다니며 그림을 그렸는데 그렇게 충분히 여유를 가지고 한 장소를 관찰하는 시간이 정말 좋았다. 관

찰하고 그림을 그리기 위해 집중하고 있다 보면 시간이 훌쩍 지나가 있었고, 다른 사람들은 발견하지 못한 것을 나만 발견한 것 같은 특별한 기분이 들기도 했다. 나만 알고 있는 그곳만의 비밀을 갖고 있는 듯한 느낌이라고나 할까?

그런데 말라카를 여행할 때 자주 그렸던 그림을 다른 곳에서는 한 번도 그리지 않았다. 다른 도시는 아름다운 예술 도시 말라카처럼 나의 도전정신이나 예술적 감각을 자극하지 않았기 때문일까? 그러나 사진을 찍을 때의 나는 예전과는 조금 변했다. 조금은 더 대상을 관찰하면서 찍었던 것이다.

그림을 그리기 위해 오래도록 대상을 바라보면서 사진을 찍을 때와는 매우 다른 느낌을 받았다. 그것은 존 러스킨의 말대로 '아름다움을 소유하는 일'이었다. 말라카의 세인트폴 성당(왼쪽)과 클락 타워(오른쪽).

태국

난민들, 그리고 그들과 함께하는 사람들

☆

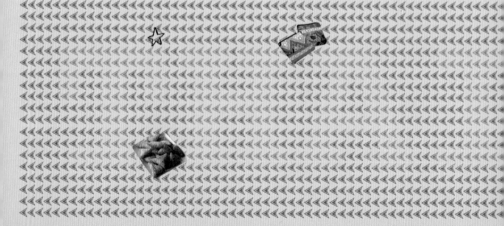

다이버들의 천국,
꼬따오

STORY 01

우리나라는 아시아 대륙의 끝자락에 있지만 남북 분단으로 인해 마치 섬과도 같은 특성을 가지고 있다. 삼면이 바다인 데다가 북쪽으로 북한이 있으니 육로로는 도무지 아시아 대륙을 여행할 수 없는 것이다. 반도임에도 불구하고 섬나라가 되어버린 대한민국. 그러다 보니 외국에 가기 위해서는 비행기나 배를 타야만 한다.

유럽에서 자라는 아이들은 국가와 경계에 대해 우리와는 조금 다른 개념을 갖고 있지 않을까 싶다. 유럽연합에 속한 국가들을 여행할 때는 비자도 필요 없고, 기차를 타고 다른 나라로 쉽게 넘어갈 수 있고, 걸어서 여행을 할 수도 있으며, 심지어 저녁을 먹기 위해 옆 나라로 자전거를 타고 갔다 오는 사람도 있을 테니까.

오랫동안 국경을 내 발로 직접 넘는다는 것은 상상조차 쉽지 않았다. 그런 내가 국경을 직접 건널 기회가 있었는데 고등학교 때 중국과 티베트, 네팔을 여행하던 때였다. 버스를 타고, 기차를 타고 국경을 넘나들 때의 그 느낌은 참 신비로웠다. 아, 다른 나라를 이렇게 넘어갈 수도 있구나. 특히 중국과 네팔의 국경이 맞닿아 있는 쟘무에서 '우정의 다리'라 불리는 짧은 다리를 건넜을 때는 그 충격이 커 꽤 오래 기억에 남았다.

우정의 다리를 건너는 데에는 불과 몇 분밖에 걸리지 않았다. 다리가 그리 길지 않기 때문이다. 그러나 겨우 몇십 미터 다리 하나 건넜을 뿐인데 다른 언어와 다른 옷, 다른 화폐, 심지어 시차까지 달랐다. 단지 경계를 넘었을 뿐인데 그렇게 달라질 수 있다니.

그런데 그때의 그 문화적 충격을 이번에도 비슷하게 느꼈다. 말레이시아에서 태국 남부 도시 핫야이로 넘어가면서 야간버스를 탔다. 야간버스가 숙박비를 아낄 수 있는 아주 좋은 수단이어서 나는 곧잘 야간버스를 탔다. 야간버스를 타고 자다 깨다를 반복하다 보니 다들 버스에서 내리고 있었다. 국경이었던 것이다.

인도네시아는 인도네시아어를 쓰긴 하지만 고유의 문자를 쓰지 않고 알파벳으로 표기하기 때문에 최소한 글을 읽을 수 있었다. 그런데 태국은 너무나 생소한 언어를 쓰고 있어 도무지 간판 글씨도 읽을 수 없을 뿐만 아니라 사람들 분위기도 매우 달랐다. 야간버스에서 잠시 잠이 들었을 뿐인데 나는 이제 국경을 넘어 태국이란 낯선 나라로 온 것이다.

THAILAND : 148

태국을 어떻게 여행하면 좋을지 열심히 가이드북을 뒤져가며 계획을 짜던 중, '다이버들의 천국'이라는 별명을 가진 꼬따오란 섬에 대해 알게 되었다. 어차피 말레이시아에서 태국의 핫야이를 거쳐서 태국의 북부지방으로 이동하려고 큰 동선을 잡아놓은 상태였기 때문에 꼬따오에 들렀다 방콕으로 가면 괜찮을 것 같았다. 그래서 꼬따오로 향하는 배에 오르기 위해 핫야이에서 춤폰이란 도시로 향했다.

핫야이는 배낭여행자들이 거쳐 가는 거점 도시라고 하는데 생각보다 길거리에서 외국인을 거의 볼 수 없었다. 춤폰으로 가는 버스 안에서 단 한 명의 배낭 여행자를 봤을 뿐이다. 말을 건네 볼까 생각했지만 너무 피곤한 탓에 버스 안에서는 그냥 모른 척하고 자다 깨다를 반복하며 춤폰까지 갔다. 핫야이에서 춤폰까지는 무려 8시간.

춤폰에 내렸지만 막상 어디로 가야 할지 막막했다. 어디로 갈까 망설이는데 버스 안에서 봤던 배낭여행객도 나처럼 서성댔다. 혹시 방향이 같을까?

"혹시 어디로 가세요?"

"꼬따오. 그곳에 가서 스쿠버다이빙을 하려고요."

"아, 나도 거기로 가요. 가서 스쿠버다이빙을 할 생각이거든요."

우리는 서로 눈빛을 반짝였다. 그런데다 그 친구 나이가 스무 살이었다! 이렇게 또 우연히 스무 살을 만나다니. 나는 너무 기뻤다. 그녀는 덴마크에서 온 제니퍼였다.

우리는 꼬따오로 가는 배편을 알아본 후 허름한 식당에 앉아 함께 식사를 하고 한참을 기다려 밤 9시가 되어 꼬따오로 가는 배에 올랐다. 혼자였다면 막막했을 꼬따오로 가는 길에서 나는 새로 사귄 친구 덕분에 행운을 얻은 기분이었다. 여행을 하다 길 위에서 새로운 사람을 만나는 것은 흔한 일이지만 나와 비슷한 또래의 친구를, 그것도 이야기가 잘 통하는 친구를 만나는 일이란 쉽지 않은 일인데 그런 사람을 벌써 여러 명 만난 나는 정말 행운아가 아닐까?

배가 출발한 시각은 11시. 밤새 자다 깨다를 반복하다 쌀쌀한 새벽 공기에 잠이 깨자 배는 꼬따오에 도착해 있었다. 새벽 5시였다. 꼬따오의 새벽거리는 한산했지만 해변에 늘어선 게스트하우스와 식당들, 다이빙 숍이 이곳이 어떤 곳인지를 짐작하게 했다. 우리는 일단 저렴한 게스트하우스에 짐을 풀고 깊은 잠에 빠졌다.

정신없이 잠을 자다 대낮에 잠이 깬 나는 거리를 둘러보러 나갔다. 조용했던 새벽과는 다르게 골목마다 여행객들이 넘쳐나고 있었다. 역시 다이버들의 천국답게 사방이 다이버 숍이었다. 내가 꼬따오에 간 것도 스쿠버다이빙을 위해서였으니 그곳은 나에게도 천국인 셈이었다.

제니퍼와 나는 수많은 스쿠버다이빙 숍을 전전하다 한 군데를 선택해 장비를 고르고 바닷속으로 뛰어 들어갔다. 꼬따오의 바닷속은 천국이었다. 처음 제주바다에서 스쿠버다이빙을 할 때 들여다본 바닷속은 상상 이상의 세계였다. 꼬따오의 바닷속은 제주와 달리 따뜻하고 더욱 잔잔했다. 물살에 내 몸을 맡기고 나면 나의 움직임은 자유로움 그 자체였다. 나를 둘러싸고 있는 바닷속 물고기와 반짝거리며 부서지는 수면 위의 햇살을 바라보며 나는 자연의 경이로움을 온몸으로 느낄 수 있었다. 바닷속을 제대로 보지 못했다면, 그것은 아직 세상의 절반밖에 보지 못한 것이다.

스쿠버다이빙을 즐기면서 보트 위에서 꼬따오 해변을 바라보다 문득 이처럼 다이버들이 찾지 않았던 예전의 꼬따오 모습을 어땠을까 하는 생

꼬따오 바다는 스쿠버다이버들의 천국이다. 버스에서 우연히 만나 함께 꼬따오까지 온 스무 살 제니퍼 역시 스쿠버다이빙을 하기 위해 꼬따오에 왔다.

각이 들었다. 휴양지 발리에서 느꼈던 그 불편한 마음도 되살아났다. 관광객이 점령한 도시 발리에서 그들을 상대로 물건을 판매하는 현지인들을 바라보며 느꼈던 그 불편함.

그런데 휴양을 하지 않았던 발리와 달리 나는 이곳에서 다이빙을 즐기고 있다. 그리고 관광객들을 위한 이곳의 각종 시설들이 지금의 나에겐 너무 편리하다. 발리와 이곳은 다를 게 아무 것도 없다. 어찌 보면 발리보다 더 많은 외국인이 이곳을 점령하고 있을지 모른다. 나는 이곳에서 그저 관광객으로 즐기고 있을 뿐이다. 이런 차이는 무엇일까. 이런저런 생각으로 머릿속이 복잡했지만 바닷속 아름다움을 온몸으로 다시 느끼면서 그런 생각들은 뒤로 사라졌다.

그러다 이튿날 오후, 섬을 걸어 다니다 학교를 발견했다. 해변에는 외국인이 많지만, 섬 안쪽에는 태국 현지 사람들의 삶이 있었다. 학교 담장에 붙은 커다란 팻말이 눈에 들어왔다.

기억만 가져가 주세요.
그리고 발자국만 남기고 가 주세요.

이 아름다운 섬에 들어와 사람들이 가져가는 것은 기억만이 아닐 것이며, 남기고 가는 것 역시 발자국만은 아닐 것이다. 아름다움을 즐기고, 새로운 것을 경험하고자 하는 인간의 욕구가 누군가의 삶의 터전을 조금 더 살기 힘든 곳으로 만들지는 않았을까? 나 역시나 그 수많은 사람들 중 하나일 테고. 그렇다면 어떻게 나의 행복을 다른 사람의 불행과 바꾸지 않는 방법은 없을까?

팻말에 글씨를 새겨 놓았다는 것은 그래도 꼬따오를 최대한 꼬따오답게 지키려는 사람들이 있기 때문일 것이다. 나는 그 팻말을 보고 내가 생각에 잠기고, 그 팻말의 문구처럼 행하려고 노력했던 것처럼 관광객들도 그러기를 바랐다. 공정여행이란 바로 여행지를 최대한 원래 상태로 보존할 수 있도록 노력하는 것, 그리고 여행자인 나의 행복과 여행지에 사는 사람이 서로 행복해야 한다는 것이다.

세상의 스무 살 08   제니퍼 페더슨_덴마크

"세계의 분쟁을 방지하고, 분쟁이 더 이상
 재발되지 않도록 예방하는 일을 할 거야"

꼬따오로 가는 버스에서 처음 만난 덴마크의 스무 살 제니퍼는

여행을 통해 세상이 평화롭지만은 않다는 것을 알았다고 했다.

편안한 조국에서의 삶보다

가난한 나라에서 일하고 싶다는 제니퍼는

대학에서 국제관계와 국제개발을 공부할 계획을 갖고 있었다.

모모 - 어떤 계기로 태국을 여행하고 있는지 궁금해.

제니퍼 - 난 얼마 전까지 작년2008년에 큰 지진이 일어난 인도네시아 수마트라 섬에 있는 파당에서 자원활동을 하고 있었어. 4개월 동안 일을 하려고 갔다가 말레이시아에 잠시 갔는데 그때 운이 나쁘게도 여권과 지갑, 카메라 등이 든 가방을 모두 도둑맞고 말았어. 그래서 임시여권을 재발급 받아 파당으로 돌아가려 했는데 임시여권으로는 갈 수가 없다는 거야. 인도네시아는 이것저것 걸리는 게 너무 많더라고. 그래서 하는 수 없이 다시 파당으로 돌아가 자원활동하려던 계획을 포기하고 임시여권으로 여행할 수 있는 주변 나라들을 알아보다 태국이 가능하다고 해서 여기까지 오게 된 거야. 이곳에 있다 방콕을 거쳐 인도로 갈 생각이야.

모모 - 그렇구나. 보통 우리 나이면 대학에서 공부를 하잖아? 덴마크의 사정은 어떤지 잘 모르겠지만, 적어도 한국은 그렇거든. 이 나이 또래의 사람이 방학도 아닌데 이렇게 여행을 하고 있는 게 흔한 일은 아닌데 고등학교를 졸업하고 대학에 가지 않은 거야? 고등학교 졸업 후 어떻게 지내왔는지 궁금해.

제니퍼 - 음, 고등학교 졸업 후 어떻게 지냈는지 이야기하려면 내가 어렸을 때부터 먼저 이야기를 해야 할 것 같아. 아마 내가 열네 살 때였을 거야. 가족들과 함께 중앙아메리카에 여행을 간 적이 있어. 중앙아메리카의 나라들은 내가 살던 덴마크와는 많이 달랐지만 신기하게도 마치 다른 집에 온 것처럼 정말 편안하게 느껴졌어. 여행이 끝나고 집으로 돌아갔는데도 계속해서 다시 중앙아메리카로 돌아가고 싶었으니까. 그래서 고등학교를 졸업하자마자 일을 해서 모은 약간의 돈으로 바로 과테말라로 날아갔지. 8개월 동안 중앙아메리카를 여행했는데, 처음 4개월 동안은 과테말라에 있는 고아원에서 자원활동을 했고, 그 후엔 과테말라 주변에 있는 나라들을 여행하면서 시간을 보냈어. 그때 캐리비안 해에서 스쿠버다이빙을 했는데 그때의 기억이 정말 좋아 이렇게 태국의 다이빙 천국인 꼬따오까지 찾아오게 된 거고.

모모 - 과테말라라……, 나에겐 참 생소한 나라야. 이름만 들어본 적이 있는 것 같아. 여행경험이 정말 많은데, 과테말라에서의 생활은 어땠어?
제니퍼 - 당연히 덴마크와는 정말 달랐지. 나는 과테말라에서도 아주 시골에 있었는데 평범한 과테말라 시골 가정에서 두 명의 덴마크 여자애들과 함께 홈스테이를 하면서 지냈어. 하루하루가 정말 행복했고, 매일 정말 많은 걸 배울 수 있었던 시간이었어. 모든 것이 많이 달랐어. 그 다름이 참 좋았고.

모모 - 너의 여행은 보통 사람들의 여행과는 좀 다른 것 같아. 과테말라에서 자원활동을 한 것도 그렇고, 인도네시아에서도 자원활동을 했는데 특별히 그런 방식의 여행을 하는 이유가 있을까?
제니퍼 - 덴마크에는 정말 운 좋게도 많은 걸 태어나면서부터 갖고, 그걸

누리면서 사는 사람들이 많아. 다양한 기회도 많이 주어지고, 많은 사람이 자기 삶을 자유롭게 살아갈 수 있어. 건강보험이나 학교 시스템도 아주 잘 갖추어진 편이고. 덴마크에서 그런 삶을 살다 여행을 통해 세상의 모든 삶이 그렇지 않다는 것을 알았어. 그래서 내가 할 수 있는 최소한의 일이라도 해야겠다는 생각을 하게 된 것이지. 특별히 과테말라는 나라 상황도 그리 좋지 않고 아주 가난한 나라야. 그런 나라를 그냥 여행을 한다는 건 오히려 이상한 일 아닐까?.

모모 – 그랬구나. 지금 하고 있는 이 여행이 끝나면 어디로 갈 생각이야?

제니퍼 – 인도로 갔다가 덴마크에 가서 잠시 머물 거야. 그리고는 영국으로 공부를 하러 갈 계획이고. 인도네시아로 떠나기 전에 지원한 대학이 있는데, 여행을 하던 중에 합격했다는 소식을 들었거든. 원래는 과테말라에 갔을 때 지원하려고 했는데, 그만 깜빡하는 바람에 1년을 더 기다리게 된 거지.

모모 – 어떤 공부를 하고 싶어서 대학에 가는 건지 궁금해.

제니퍼 – 국제관계와 국제개발에 대한 공부를 할 예정이야. 과정은 총 3년 동안인데 그 중 두 번째 해에는 실제로 가고 싶은 나라에 가서 인턴십을 하면서 공부를 할 수 있어. 난 남아공이나 과테말라에 갈 생각인데, 그곳의 삶을 경험하면서 공부하는 것이야말로 정말 중요한 공부가 될 것 같아. 사실 부자나라 강의실에 앉아 국제개발에 대해 이론만 배우고, 실제 현장을 경험하지 않는다는 건 정말 웃긴 일이라고 생각해.

모모 - 학교에서는 어떤 걸 배우게 되는 거야?

제니퍼 - 다들 공통적으로 들어야 하는 과목들이 있고, 자신이 선택해야 하는 과목들이 있는데 나는 난민에 대해서 공부하고 싶어. 어떻게 하면 많은 난민들이 새로 자리 잡게 된 곳에서 잘 지낼 수 있을지 공부하고 싶어. 예전에 덴마크에 있는 난민 시설에서 일한 적이 있는데, 그때 환경이나 상황들이 난민들에게 좋지 않게 작용하는 걸 봤어. 특히 아이들이 경험하게 되는 정체성 혼란 문제는 심각했어. 그 아이들은 덴마크 사회에 완전히 흡수되지도 못하고, 그렇다고 자기가 태어난 나라로도 돌아갈 수 없는 상황에 놓였으니까.

모모 - 정말 멋져! 앞으로 그런 공부를 하면서 어떤 삶을 살아갈지 정말 궁금해. 어렸을 때의 꿈은 뭐였어?

제니퍼 - 어렸을 때? 와! 생각해본 지 정말 오래된 것 같아. 난 처음에는 의사가 되고 싶었어. 그리고 기자가 되고 싶기도 했지. 전쟁터나 재난 지역에서 치열하게 상황을 전달하는 그런 기자 말이야. 하지만 이젠 그런 걸 전달하는 일보다는 분쟁이 일어나는 걸 방지하고, 일어난 후에는 재발되지 않도록 예방하는 일을 하고 싶어.

모모 - 그랬구나. 지금은 어떤 꿈들을 꾸고 있는지 궁금해.

제니퍼 - 어렸을 때의 꿈에서 제일 크게 변한 건, 내가 직접 변화를 만드는 사람이 되고 싶다는 점이야. 그리고 내가 도울 수 있는 한 많은 사람을 돕고 싶고. 그리고 과테말라에 돌아가고 싶어. 그때의 경험을 정말 잊을 수가 없거든. 과테말라는 마치 제 2의 고향 같은 느낌이야. 정말 많은 걸 과테말라에서 배웠는데, 다시 가서 내가 받은 만큼 돌려주고 싶어. 하지만 그게 꼭 과테말라가 아니어도 된다고 생각해. 덴마크 안에도 누군가의 도움을 필요로 하는 사람은 많으니까.

　제니퍼와 나는 목적지도 같고, 나이도 같아 꼬따오에서 며칠을 함께 지내면서 많은 이야기를 나누었다. 제니퍼를 만남으로써 나는 여행이 주는 새로운 인연에 대해 좀 더 열린 마음을 가질 수 있었다.
　어린 시절부터 남들과는 조금 다른 방식의 여행을 하며 다른 경험을 했고, 남들과는 조금 다른 관심사를 가지고 다른 삶의 방식대로 살아가는 제니퍼. 나도 나름대로 대안학교를 다니면서 다양한 경험을 하고 살아왔다고 생각했는데, 제니퍼는 나보다 훨씬 많은 경험을 쌓으며 살고 있었다. 제니퍼와 이야기를 나누면서 나는 마음이 참 편안했다. 비록 다른 나라에서 태어나 자랐지만 제니퍼의 경험과 나의 경험이 크게 다르지 않음을 알 수 있었고, 서로 비슷한 관심사와 꿈을 가지고 있었기 때문일 것이다.
　나는 나를 지지하는 사람들이 꽤 있긴 하지만, 그들이 날 완벽히 이해하고 공감할 수 없다는 것을 알기에 늘 뭔가 채워지지 않은 부분들이 있다고 느꼈다. 누군가와 똑같은, 또는 비슷한 경험을 하지 않고서 상대방을 완벽히 이해하는 것은 아주 어려운 일이기 때문이다. 제니퍼의 얘기를 들으면서 제니퍼가 하는 말마다 힘차게 고개를 끄덕이며 동의하고, 공감하는 내 자신을 발견할 수 있었다. 완벽하지는 않지만 공감하고 서로를 이해하는 동안 나는 마음이 치유되고 있다는 생각을 했다. 지금까지 살아오면서 알게 모르게 받았던 상처들이 보듬어지는 것을 느낀 것이다.

스무 살들을 만나 소통하고 공감하며, 용기를 얻고 싶다고 생각하고 떠난 여행이지만, 실제로 이렇게 스무 살들을 만나 소통할 수 있다니. 나는 내 여행에 진심으로 감사하지 않을 수 없었다. 만일 '인터뷰'란 장치가 없었다면 나는 이렇게 깊은, 이렇게 재밌는, 가슴 떨리는 이야기를 들을 수 있었을까?

사람들을 만나는 걸 두려워하거나 어려워하는 건 아니었지만, 무작정 말을 걸거나 밥을 먹자고 말하는 건 쉬운 일이 아니다. 그러나 인터뷰란 형식을 위해 내가 용기를 내는 동안 그것은 그리 어려운 일이 아니었다. 인터뷰가 나에게 이렇게 많은 변화를 가져올지 몰랐다. 앞으로 또 어떤 일이 다가올지 모르는 일이지만 인터뷰를 통해 더 많은 사람을 만나고, 그들과 더 많은 이야기를 나눌 수 있을 거라 믿어 의심치 않는다.

메솟에서 만난 버마

STORY 02

꼬따오의 꿈 같은 시간을 떠나 배를 타고, 버스를 타고, 기차를 타고 방콕 카오산 로드로 갔다. 카오산 로드는 배낭여행자들의 천국이라는 곳. 그러나 너무 기대가 컸던 탓일까? 4일 이상 머물 계획이었던 카오산 로드에서 나는 이틀만 머물고 태국 북부 메솟으로 갔다. 매연과 사람으로 가득한 카오산 로드는 나를 매 순간 너무도 피로하게 만들었다.

메솟은 태국 여행을 하면서 꼬따오와 함께 꼭 가보고 싶었던 곳. 메솟은 버마미얀마와 국경을 마주하고 있는 도시다. 거주 인구의 65%가 버마 난민들일 만큼 난민들이 많은 곳. 1962년부터 군부 독재로 유명한 버마는 군부 독재 치하에서 대량학살과 소년군 징집, 강간, 아동노동, 인신매매 등이 빈번하게 일어나고 있어 국제 사회로부터 이러한 잔혹한 일들을 당장 멈추라는 압박을 받고 있는 나라이다. 그래서 많은 사람들이 살기 위해 국경을 넘고 있는데, 그들이 많이 모여 사는 국경 도시 중 하나가 메솟이다. 버마는 중국, 방글라데시, 태국, 인도, 라오스와 국경이 맞닿아 있으며 '미얀마 연방 공화국'이라는 정식 국가명을 갖고 있다. 그럼에도 불구하고 '버마'라고 부르는 것은 군부의 독재에 반대하는 의사 표명의 한 방법이다.

메솟은 생각했던 것보다 작고 조용했다. 도시라고 말하기조차 민망할 정도로 작은, 그냥 마을 정도였다. 그런데도 자원활동을 위해 오는 외국인들이 꽤 있는 편이어서 숙소를 구하는 일도, 식당을 찾는 일도 그리 어렵지 않았다. 인터넷 카페도 보였고, 지도를 보며 돌아다니는 데도 큰 문제는 없었다.

하지만 어디서부터 무엇을, 어떻게 시작해야 할지 나는 전혀 감을 잡을 수 없었다. 계획은 이곳에서 최대 2주 동안 머무는 것이다. 그러나 나는 이곳에서 자원활동을 하겠다는 생각만 막연하게 하고 왔지, 뚜렷한 목표나 단체를 정하지 않은 상태였다. 그냥 내가 도움이 될 수 있는 일이라면 아무 일이나 하겠다는 생각만 하고 온 것이다. 나는 단기 자원활동가를 필요로 하는 곳이 있을지 모른다는 생각을 하면서 이 단체 저 단체를 찾아다니면서 문을 두드렸다.

처음 찾아간 단체는 이야기를 들어본 적이 있는 위브Weave란 단체였다. 위브는 '직조하다'라는 뜻을 갖고 있는데, 이름이 말해주듯 주로 수공예품을 팔면서 공정무역 가게를 운영하는 NGO였다. 버마에서 군부정

권의 탄압을 피해 국경을 넘어 태국으로 온, 또는 태국과 버마 국경지대의 고산족들 중에서도 특별히 여성들을 위한 NGO다.

나는 위브에서 수공예품등을 만드는 여성들을 만나고, 그들에게 아주 약간이라도 도움이 될 수 있는 일을 하면 좋겠다고 생각했다. 하지만 미리 사전 준비 없이 찾아갔던 나의 기대가 헛됐음을 금방 알 수 있었다.

우선 위브에서 자원활동가로 일하려면 최소한 3개월은 일해야 하며, 특히 난민촌에 들어가기 위해서는 태국 정부의 허가서도 필요하고, NGO들도 자기 단체의 자원활동가로 일할 경우에만 허가서를 발급한다고 했다. 뿐만 아니라 허가서 발급을 받는 데만 무려 3주란 긴 시간이 걸린다고 했다. 여행자인 나로서는 불가능했다.

나는 난민촌에 들어가는 것은 포기하고, 숍에서 작은 일이라도 할 수 있을까 하고 다시 위브를 찾아갔다. 용기를 내 나의 상황을 이야기하고, 간단한 물품정리 같은 것을 할 수 있느냐 물어봤더니 흔쾌히 내일부터 당장 나오란다. 그래, 일주일 동안 여기에서 열심히 해보자. 나는 일할 수 있음에 감사했다.

그러나 위브 숍에서는 그리 할 일이 많지 않았다. 물품을 정리하거나 태그를 붙이는 것 외에는 할 일이 없이 가만히 앉아 있는 시간이 더 많았다. 무엇인가 더 활동적으로 일하고 싶은 마음이 나를 때때로 답답하게 했다. 하지만 일하는 사람들과 함께 이야기를 나누고, 그들과 함께 식사를 하는 시간들은 무척이나 즐거웠다. 내가 미처 잘 알지 못했던 난민촌에 대한 이야기를 그들을 통해 들을 수 있었던 것은 무엇보다 가장 큰 소득이었다. 그리고 한류열풍은 그곳에도 불어 그들은 내게 한국 드라마에 관해서, 혹은 한국 가수에 대해서 물었는데 나는 내가 아는 만큼 이야기를 해줬다.

위브 숍에서 일이 끝나면 다른 NGO의 카페와 숍을 찾아다니며 그들의 활동에 대해 알아봤다. 그중 보더라인 숍Borderline Shop이란 공예품 가게에서는 '버마요리교실'이란 것을 운영하고 있었다. 정말 매력적인 프로그램이라고 생각해 들어가 이것저것 물어보았다. 숍을 지키고 있던 요리 선생님은 처음에는 간단한 음료만 팔다 메뉴를 개발해 음식을 내놓기 시작했는데 생각보다 인기가 좋았고, 사람들의 요청에 의해 요리교실이 만들어졌다며 친절하게 설명해줬다.

메뉴도 다양해 감자만두, 사모사야채와 감자를 넣고 기름에 튀긴 세모 모양의 인도식 만두, 야채 파코라, 볶음국수, 오이샐러드, 버마 스타일 토마토 샐러드, 야채커리, 호박커리 등이 있는데, 이중 선택해서 배울 수 있다는 것이다. 특히 내가 매력적으로 느낀 것은 재료를 구입하기 위해 같이 장을 보고, 시장 안에 있는 티숍에서 차를 마실 수 있다는 것.

그런데 문제는 수강료였다. 다른 참여자 없이 혼자 할 경우에는 수강료가 만만찮게 비쌌다. 여행하면서 내가 하루에 쓰는 비용은 300바트약 1만 원 정도. 그런데 요리 강습비는 무려 1000바트약 3만 6000원 정도라는 것이었다. 강습비가 부담스러웠다. 아쉬운 마음을 달래며 그냥 돌아갈 수밖에 없었다. 그러나 숙소에 돌아와 아무리 생각해도 함께 시장을 보고 요리를 만든다는 것이 여행 중 근사한 일이 될 것이라는 생각을 떨쳐버릴 수 없었다. 결국 이튿날 다시 찾아갔다. 참가비를 내는 손이 떨릴 정도였지만 며칠간 허리띠를 졸라매야지 생각하니 한결 마음이 가벼워졌다.

요리교실에서는 한 가지의 음료를 포함해 네 가지의 요리를 만들 수 있었다. 내가 선택한 요리는 소수민족인 카렌족이 즐긴다는 호박카레와

버마 스타일 사모사, 오이 샐러드, 그리고 바나나 꿀 쉐이크. 먼저 나는 요리 선생님과 함께 재료를 사러 시장에 갔다. 시장은 활기가 넘쳤다. 시장구경을 하느라 정신없는 사이 선생님은 재료를 꼼꼼히 살펴본 후 적절히 흥정을 하고 오이와 호박 등을 샀다.

돌아오는 길에는 버마 난민들이 자주 온다는 버마 티숍Burma Tea Shop에 들러 차를 마시면서 그곳에 있는 사람들과 이야기를 나눴다. 이들과의 대화를 통해 메솟의 버마 난민 중 70%가 정식 난민 지위를 얻지 못한 불법 이주민들이라는 것, 이들 불법 이민자들은 일자리를 얻는 데 가장 큰 어려움을 겪는다는 것, 그래서 태국 사람 이름으로 가게를 차렸다 태국 경찰에게 발각돼 체포되는 일도 빈번하다는 것, 이를 막기 위해 경찰에게 뒷돈을 주기도 하고, 오히려 경찰이 일자리를 알선해 주기도 한다는 등의 이야기를 들을 수 있었다. 독재를 피해 국경을 넘어도 난민들의 삶은 여전히 힘들다는 것을 알 수 있었다.

차를 마신 후 보더라인 숍에 돌아와 요리를 만들기 시작했다. 오이를 썰고, 만두를 빚고, 호박을 써는 등 선생님을 따라 분주하게 움직였다. 요리에는 역시 우리나라에서는 잘 쓰지 않는 향신료와 허브가 많이 들어갔다. 은근히 한국에 돌아가 내가 배운 요리를 자랑하고 싶다는 생각을 했지만 향신료와 허브들을 구할 수 없어 힘들겠다고 생각했다. 그래도 나는 꼼꼼히 기록을 하며 자르고, 볶고, 다지고, 튀겨 먹음직스러운 요리를 만들었다. 내가 선택한 요리가 네 가지나 되니까 꽤 오랫동안 만들 것

같았는데 의외로 간단해 시간이 그리 오래 걸리지 않았고 전혀 힘들다는 생각이 들지 않았다.

잘 차려진 요리는 그러나 의외로 많았다. 3인분으로 만들었으니 당연한 일이었지만, 나 혼자 다 먹을 수도 없고 어떡하나 고민하고 있을 때 한 영국인 가족이 보더라인 숍으로 들어왔다. 이곳 메솟에서 자원활동을 하는 딸과 그녀를 만나러 여행 온 부모님들이었다. 나는 접시에 요리를 담아 그들 테이블로 갔다.

"저, 이거 제가 만든 요리인데 같이 나누어 드시겠어요?"

갑작스런 제안을 받고 그들은 무척이나 당황하는 눈치였다.

"요리를 너무 많이 해서 혼자 먹을 수가 없어요. 이걸 드신다면 제가 너무 감사하겠습니다."

그들은 곧 긴장을 풀고 웃으면서 고맙다며 접시를 받았다. 그리고는 음식을 맛보더니 엄지손가락을 치켜세우면서 맛있다고 말했다. 혼자 먹었다면 다 먹지도 못했을 것이고, 쓸쓸하게 혼자 앉아서 꾸역꾸역 먹었

'버마요리교실'에서 배운 요리와 이 맛있는 요리를 함께 나눈 영국인 가족. 처음 버마요리를 배우고, 처음 만난 사람들과 음식을 나눈 것은 평생 잊지 못할 여행의 즐거움이었다.

을 것을 그들 덕분에 나누는 기쁨을 느끼면서 즐겁게 먹을 수 있었다. 그리고 내가 만든 것이지만 맛도 정말 좋았다!

하루는 지도 한 장만을 들고 이곳저곳 정처 없이 돌아다니다 한 카페에서 외국인에게 버마어를 가르쳐 주는 사람을 만났다. 조금이라도 버마어를 배워볼까 생각했지만 내가 메솟에 머물 시간은 약 10일 정도. 너무 시간이 짧다. 버마어를 배우는 것을 포기하고 버마어를 가르치는 선생님과 이야기를 나누다 스무 살 모뚜를 만날 수 있었다.

내가 메솟을 간 것은 난민촌을 가기 위한 것. 그러나 사전 준비 없이 간 탓에 그것은 이루지 못했지만 메솟에서 만난 많은 사람들은 버마에서 넘어온 난민이거나 그들을 돕는 사람들이었다. 난민촌에 가야만 메솟을 찾아간 것이 의미 있다고 생각했는데 그것은 나의 짧은 생각이었다. 10일 동안 내가 메솟에서 본 모습은 태국이나 다른 나라에 있는 버마 난민들 모습과는 다를 수 있지만 그들의 평범한 일상을 메솟에서 본 것은 내겐 큰 것이었다.

"꿈? 지금은 그저 돈을 벌 수 있는 직업을 찾고 싶어"

태국과 버마의 국경지대에 있는

도시 메솟에서 만난 스무 살 모뚜.

버마에서 태국으로 넘어와 난민으로 살고 있는

모뚜의 스무 살은 내가 그동안 생각했던 스무 살과 너무 달랐다.

조국 버마의 상황에 따라 모뚜의 인생은 크게 달라질 수밖에 없다.

모뚜에겐 꿈이 사치다.

모모 - 지금 어떤 일을 하고 있는지 궁금해.

모뚜 - 난 사나야르티판 위민스센터Sanayar Thi Pan Women's center란 월드
비전 산하 단체에서 엄마와 같이 일하고 있어. 버마에서 태국으로 넘어 온
여성들의 건강을 위해 일하는데 요즘은 그렇게 일이 많지 않아. 그래서 틈틈
이 도서관에서 영어와 컴퓨터를 배우기도 하고, 다른 일을 하려고 알아보고
있는 중이야.

모모 - 그렇구나. 도서관 말고 학교도 다녀?

모뚜 - 지금은 안 다니고 있어. 이미 대학교도 마친 상태거든.

모모 - 정말? 되게 빨리 졸업했구나. 스무 살이면 우리나라는 대학을 들어
갈 나이인데 어떻게 그렇게 빨리 대학을 졸업할 수 있지?

모뚜 - 버마에서는 다섯 살에 초등학교에 입학해. 초등학교 과정은 5년. 그
리고 열 살에 중학교에 들어가 4년을 보내고 고등학교 2년을 보내. 대학교
는 3년 과정. 그렇게 하면 교육기간은 총 14년이 되는 셈이야.

모모 - 그렇구나. 우리나라는 대학까지 마치려면 18년이 걸리는데. 그럼 버
마에서 학교를 다 마치고 메솟으로 온 거야?

모뚜 - 응. 작년에 엄마가 눈 수술을 받으셔야 해서 태국으로 먼저 오셨어.
버마에서는 가난하면 의료 서비스를 받는 게 거의 불가능해. 너무 비싸거든.

그래서 엄마가 먼저 오셨는데, 그 후 아버지가 돌아가셨어. 아버지가 돌아가신 후 난 대학을 졸업했는데 버마에서는 여자가 혼자 지내는 게 거의 불가능해 나도 태국으로 오게 된 거야.

모모 - 그런 일이 있었구나. 혼자서 그런 일을 감당하는 게 많이 힘들었을 것 같아.

모뚜 - 그렇긴 했지. 그래서 결국 이렇게 태국으로 왔잖아? 무엇보다 버마에서는 직업을 구하는 게 너무 어려워. 대학을 나와도 직업을 구하기가 너무 힘들고, 구한다고 해도 정말 먹고 살 만큼의 돈밖에 벌 수 없어. 밥 먹는 것에 돈을 쓰고 나면 다른 데 돈을 쓸 여유가 전혀 없거든. 그래서 많은 사람들이 버마에서 태국으로 넘어오는 거고.

버마에 사는 거의 대부분의 사람이 태국이나 다른 나라로 가고 싶어 해. 그러나 태국에서도 우린 합법적인 난민이 아니기 때문에 합법적인 직업을 갖는 것이 불가능해. 아주 단기간 일하거나 아르바이트 정도밖에 구할 수가 없어. 그래도 버마보다는 상황이 훨씬 나은 편이지.

모모 - 그렇게 힘들다면 여성들은 더 힘들 것 같은데…….

모뚜 - 맞아. 그래서 버마에서 가장 문제가 되고 있는 게 성매매 문제야. 돈을 벌기가 쉽지 않기 때문에 여성들 대부분은 먹을 게 없어서 돈과 타협할 수밖에 없거든. 그리고 군사정권에서는 이런 것을 알게 모르게 주도하고 있어. 이미 20년 전부터 문제가 되었고, 지금도 큰 사회적 문제가 되고 있지.
아웅산 수지 여사의 아버지인 아웅산 장군이 돌아가시기 전인 60년 전에 이
미 "버마는 머지않아 성매매의 나라가 될 것이다."라고 말했을 정도로 말야.

모모 - 그랬구나. 넌 버마에서의 생활은 어땠어?
모뚜 - 버마에 살 때는 아버지가 정부에서 땅을 받아 거기에 집을 짓고 살
았어. 아버지가 역무원으로 20년간 일하셨거든. 그래서 땅을 받을 수 있었
지. 아버지가 돌아가신 후에는 낮에는 집에서 지내고 밤에는 이웃집에 가서
잠을 자고 와야 했어. 여자 혼자 밤에 집에 있는 것은 매우 위험한 일이거든.
그만큼 버마는 여자 혼자 사는 게 어려운 게 아니라, 불가능하다고 보면 돼.

모모 - 아까 직업을 구하고 있다고 했잖아. 어떤 종류의 직업을 찾고 있는
거야?
모뚜 - 수입이 괜찮은 직업이라면 어떤 것이든 상관없어. 일을 찾는 게 힘
든 상황이니까 딱히 일을 가릴 만한 상황도 아니고. 지금 엄마가 일하시는
단체에서 같이 일하지만, 이것보다 더 좋은 직업을 찾아야지.

모모 - 그렇구나. 어렸을 때 꾸던 꿈이나, 지금 꾸는 꿈과도 관련 있는 일이
면 정말 좋을 텐데 말이야. 어렸을 때 꿈은 뭐였는지 궁금해.
모뚜 - 난 관광 가이드가 되는 게 꿈이었어. 역사를 공부하는 것도 재미있

었고, 사람들에게 설명해 주는 것도 재미있겠다 싶었거든. 지금은 공부를 더 해서 초등학교 선생님이 되고 싶기도 해. 애들과 함께 있는 것이 좋거든.

모모 - 그렇구나. 그럼 혹시 직업 말고 꼭 이루고 싶은 무언가가 있을까? 죽기 전에 이건 꼭 해보고 싶다, 하는 그런 것 말이야.

모뚜 - 그런 게 있으려나? 사실 그런 게 있을지 모르겠지만, 별로 생각해 본 적이 없어. 관광 가이드나 초등학교 선생님이 되고 싶다고 생각을 하지만 지금 내 상황과 나라의 상황을 보면 내가 하고 싶은 일을 하는 건 불가능한 것 같아. 내가 하게 될 일은 다 내 상황과 나라의 상황에 달린 거겠지. 지금 은 그저 돈을 잘 벌 수 있는 직업을 찾을 수 있길 바랄 뿐이야.

　　모뚜를 만나고 게스트하우스로 돌아가는 길, 마음이 무거웠다. 그동안 나는 스무 살이 앞으로의 인생을 살아가는 데 큰 전환점이 되는 나이라 고 생각했다. 대학이 많은 것을 결정하는 우리나라에서 대학 진학을 포 기한 내가 무엇을 할 수 있을까 생각하다 세상의 스무 살을 만나기 위해 떠났다. 여행길에서 지금까지 만난 스무 살들은 모두 꿈을 갖고 있었고, 그 꿈을 향해 나름대로 나아가고 있었다.
　　그러나 모뚜에겐 꿈을 꾸는 것이 곧 사치였다. 나는 그녀에게 꿈을 물 어보면서, 그리고 그것이 사치라고 말하는 그녀를 보면서 그녀에겐 그 질문과 답이 몹시 불편하고 마음 아픈 일이 아니었을까 생각했다. 삶이 쉬운 것은 아니지만, 저마다 다른 삶의 무게를 지고 살아간다는 그 당연한 사실이 가슴 아팠다. 모뚜의 바람대로 그녀가 어머니와 함께 안정된 삶을 살아가도록 기도하는 일밖에 내가 할 수 있는 일은 아무 것도 없었다.

빠이의 노래하는 경찰 아저씨

STORY 03

메솟을 떠난 나는 태국 북부에 있는 큰 도시 치앙마이로 갔다. 치앙마이 이곳저곳을 둘러보고 밤에는 야시장을 다니면서 태국 북부 여행을 어떻게 마무리할까 고민하던 중 여행자들을 통해 빠이라는 곳을 알게 됐다. 이미 치앙마이에서 일주일을 머무는 동안 치앙마이는 볼 만큼 봤다는 생각이 들었던 참이어서 나는 곧바로 짐을 싸서 빠이로 갔다.

치앙마이에서 빠이까지는 미니버스를 타고 세 시간이나 걸렸다. 버스를 타기 전 한국에서 온 여행자 두 명은 빠이까지 가려면 멀미약을 꼭 먹어야 한다며 약을 챙겨줬다. 한 번도 멀미약을 먹어본 적이 없었던 나로서는 그들의 호의를 무시하지 못해 마지못해 약을 받아먹었다. 그런데 빠이로 가는 길은 굽이굽이 커브길의 연속이었고, 빠이에 도착할 때쯤에

빠이는 낮과 밤이 다르다. 낮에는 한산한 동네가 밤이 되면 불이 켜지고, 어디선가 사람들이 나타나 북적댄다. 거리에는 맛있는 음식냄새가 가득하다.

는 모든 사람들이 거의 기절 상태였다. 빠이에 도착해 차가 섰음에도 아무도 쉽게 내릴 생각을 하지 못할 정도였다. 멀미약을 먹었는데도 이 정도였으니 대체 안 먹었으면 어땠을까. 생각만 해도 끔찍했고 부득불 멀미약을 먹여준 사람들이 너무 고마웠다.

빠이에 도착해서는 늘 그랬듯 숙소에 짐을 풀어놓고 동네를 어슬렁거렸다. 내게 빠이를 추천한 사람들은 빠이가 마치 서울의 홍대앞 같다고들 이야기했었다. 그러나 한낮의 빠이는 도무지 그런 느낌이 들지 않았다. 한산하고 작은 도시였다.

그러나 해가 지고 하늘이 어둑해지면서 장신구를 파는 사람들이 하나둘 거리에 좌판을 펴기 시작했다. 골목 이곳저곳에서는 코를 자극하는 음식냄새가 풍기기 시작했다. 골목마다 걸어놓은 전구는 거리를 가득 매우고, 알록달록한 옷들이 그 불빛으로 빛났으며, 사람들은 대체 어디에서 그렇게 나타났는지 북적였다. 거리에는 음악가들이 다양한 장르의 음악을 연주했다.

골목을 탐험하다 조금은 흥분된 상태에서 저녁을 먹기 위해 한 식당에 들어가 태국식 볶음 쌀국수인 팟타이를 시켰다. 허름한 식당이고, 그렇게 특별한 재료가 들어갈 것도 없는 팟타이. 하지만 금세 볶아 나온 팟타이는 젓가락질을 쉴 새 없이 하게 했고, 이내 접시를 깨끗하게 비우게 했다.

이젠 배도 부르겠다, 나는 아주 기분 좋게 다시 거리로 나섰다. 그러다 길가에 서 있는 마이크 스탠드와 음향 장비들이 눈에 들어왔다. 누가 공연을 하나 싶어 그 옆에서 엽서를 파는 사람에게 물어봤다.

길거리에서 기타를 치면서 노래를 부른 일은 생각할수록 가슴 떨리는 일이었다. 내 노래를 듣고 모금함에 돈을 넣는 사람들도 있었다. 빠이의 노래하는 경찰 아저씨 덕분에 나는 멋진 경험을 할 수 있었다.

"여기서 누가 공연을 하나요?"

"아, 네. 경찰 아저씨요!"

경찰이 공연을? 그런데 정말 얼마 있다 제복을 입은 경찰 아저씨가 무대에 올라가 노래를 불렀다. 그 경찰 아저씨는 매일 저녁 7시가 되면 그 자리에서 그렇게 노래를 부른다고 했다. 태국 노래여서 가사를 알아들을 수는 없었지만, 목소리도 좋고 생음악이다 보니 듣고 있는 게 그냥 좋았다.

아저씨 노래를 듣고 보니 갑자기 기타를 치면서 노래를 하고 싶어졌다. 나는 기타를 치면서 노래하는 것을 좋아한다. 기타를 들고 여행하는 일은 엄두가 나지 않는 일이어서 아예 생각조차 하지 않지만 필리핀의 트리하우스에서처럼 기타가 있으면 자연스럽게 기타를 치고 노래를 하곤 했다.

이튿날, 혹시 악기점이 있을까 하고 여기저기 기웃거리다 악기점을 하나 발견했다. 어젯밤 경찰 아저씨가 노래를 불렀던 바로 그 옆이었다. 악기점에 들어가 기타를 치고 싶었지만 용기가 나지 않았다. 며칠 동안 그 앞에서 서성대다 어느 날 용기를 내 들어갔다. 그래도 쑥스러워 이 기타, 저 기타를 만져보고 있는데 노래를 부르던 경찰 아저씨가 악기점에 앉아 노래를 부르고 있었다. 노래를 부르는 아저씨를 바라보며 나는 기타 치고 싶은 마음을 억누른 채 노래를 들었다. 그런데 노래를 부르던 아저씨가 갑자기 나를 보며 물었다.

"혹시 기타 칠 줄 알아요?"

아니, 어떻게 내 마음을 알았지? 나는 얼른 대답했다.

"네! 칠 수 있어요!"

"그럼 한 번 쳐 볼래요?"

나는 기타를 치며 평소 부르던 노래를 몇 곡 연이어 불렀다. 그러자 경찰 아저씨와 악기점 사장님은 박수를 치며 경찰 아저씨가 노래를 부르는 곳에서 저녁에 노래를 불러보면 어떻겠냐고 제안했다.

나는 깜짝 놀랐다. 이런 멋진 일이 내게 일어나다니! 내가 사람들 앞에 서서 노래를 부를 수 있을 만큼 잘 부르는지 확신은 없지만 그동안 나는 사람들 앞에서 노래를 하고 싶다는 생각을 했었다. 지금 만일 예스라고 대답하지 않으면 후회할 것 같았다.

"좋아요!"

그러자 옆에 있던 프랑스인 맥심도 함께 노래하자고 했다.

다음날 저녁, 나는 경찰 아저씨가 섰던 자리에 기타를 들고 섰다. 거리는 아직 사람들로 북적이기 전이었지만 나는 내가 평소 즐겨 부르던 노래를 차분히 불렀다. 내가 세 곡 정도 노래를 부르는 동안 사람들이 내 노래를 멈춰서 들었다. 경찰 아저씨가 놓은 모금함에 돈을 넣고 지나가는 사람도 있었다. 많은 사람들이 내 목소리에 귀 기울인 건 아니었지만 누군가가 내 노래를 듣기 위해 서 있고, 모금함에 돈을 넣는 게 신기했다. 또한 가슴 벅차게 좋았다.

예전에 사람들 앞에서 노래를 부를 때 느꼈던 집중력과 고요함, 그리고 짜릿함이 빠이 거리에서 노래를 부를 때는 더 강하게 느껴졌다. 그러면서 생각했다.

'노래를 부르는 것이 나를 행복하게 만드는 것은 아닐까'

20년이란 시간을 살아오면서 가슴 뛰게 해보고 싶었던 일이 그리 많지 않았는데, 그 순간 내 가슴이 강하게 쿵쾅거렸다. 정말 해보고 싶은 일을 만나면 이런 기분이 드는 게 아닐까? 단순한 취미로만 노래를 생각했는데, 단순한 취미를 넘어서 나에게 굉장히 중요한 무언가가 아닐까?

악기점에서 만난 프랑스인 맥심.
몹시 익살스러운 그는 나와 함께 거리에서 노래를 했다.

스무 살 생일,
꿈의 목록을 만들다

고등학교 수업시간에 존 고다드란 사람에 대해 이야기를 들은 적이 있다. 그는 열다섯 살때 주변에 있는 어른들이 "아, 내가 젊었을 때 이걸 했어야 하는데." 하고 불평하는 것을 듣고 자신은 그러지 않기 위해서 자기가 하고 싶은, 이루고 싶은 일을 적기 시작했다.

적고 보니 그의 꿈 목록은 모두 127가지. 그 꿈에는 평범한 '타자 치는 법 배우기'부터 일반인으로서는 불가능한 일처럼 보이는 '에베레스트 산 오르기', '나일강 탐사하기' '달나라 여행하기' 등이 포함되어 있었다. 그러나 그는 꿈 목록을 하나씩 실천하면서 역사상 처음으로 카약을 타고 나일강을 탐사하였고, 우주비행사가 되어 달나라로 여행을 떠나기도 했다. 그의 이야기를 들으면서 나는 존 고다드 만큼은 아니더라도 많은 꿈

목록을 만들어 하나씩 꿈을 이루면서 살아야지 생각했다.

여행을 떠난 지 4개월이 되었을 무렵, 나는 생일을 맞았다. 한국 나이로는 스물한 살, 만으로는 꽉 채운 스무 살. 여행지에서 맞는 생일인 만큼 나는 뭔가 색다르게 보내고 싶었다. 비록 혼자 여행 중이지만 혼자만의 생일을 맞이하고 싶지 않았다. 그런데 때마침 고등학교 후배 예지가 인턴십을 위해 태국 치앙마이에 와 있던 참이었다.

나는 예지를 만나 치앙마이에 있는 한국식당에서 눈물 나도록 맛있는 미역국과 밥을 먹고 예지와 함께 숙소 근처 카페에 앉아 차분히 글을 쓰기 시작했다. 지금까지 만난 사람들, 경험한 것들, 나는 지금 어디에 어떤 모습으로 서 있나 쓰기 시작했다.

글을 쓰는 동안 내 인생에 일어난 일들이 하나의 점으로만 있는 게 아니라, 그것들이 모여 하나의 선을 완성하고 있음을 어렴풋하게 느낄 수 있었다. 그리고 내가 필요한 순간마다 누군가가 옆에 있다는 것을 알 수 있었다. 문득 그들에 대한 감사함으로 가슴이 따뜻해지기도 했다. 그러나 앞으로 어떻게, 무엇을 하며 살아가면 좋을까 하는 고민 앞에서는 막막해졌다. 한숨을 푹푹 내쉬는 날 보고 예지가 말했다.

"꿈의 목록을 만들어 봐."

순간 고등학교 때 적고 어디에 있는지조차 기억나지 않는 꿈의 목록이 생각났다. 나는 페이지를 넘겨 깨끗한 페이지에 '꿈의 목록'이라고 적었다. 하고 싶은 게 많아 이것저것 잘만 써질 줄 알았던 꿈의 목록은 생각

보다 쉽게 써지지 않았다. 알게 모르게 꿈의 목록에는 대단한 것만 써야
할 것 같다는 생각이 들어서였는지 내가 쉽게 써 내려가지 못하자 예지
가 말했다.

"뭘 그렇게 어렵게 생각해. 정말 아무것도 아닌 것이지만, 언니가 꼭
해보고 싶은 일부터 적어 보는 건 어때?"

나는 예지의 말에 용기를 얻어 정말 간단한 것, 쉬운 것, 그래서 때때
로 어이없기도 한 것들을 써 내려가기 시작했다. 내 키만 한 눈사람 만들
기, 맛있는 크림 파스타 만드는 법 배우기, 망고나무 심기, 하루 종일 극
장에서 영화 보기, 수영 배우기, 삼국지 읽기 등등. 가끔은 정말 나에게
이런 꿈이 있었나 싶을 정도로 놀라운 꿈도 튀어나왔고, 마음만 먹으면
금방 할 것 같은 것들도 튀어나왔다. 그렇게 만들어진 내 꿈의 목록에는
총 103가지의 꿈이 담겼다.

원래 하고 싶은 게 많은 줄은 알고 있었지만 생각보다 많이 적은 내 자
신이 놀랍기도 했다. 꿈의 목록을 다시 읽어 보다 지나치게 현실성이 떨
어져 보이는 것들도 있었지만, 존 고다드가 불가능할 것처럼 보였던 우
주 여행의 꿈을 결국 이룬 걸 생각하면서 나의 꿈들은 그래도 현실성이
있다는 생각이 들어 그냥 두기로 했다.

꿈의 목록

1. 가고 싶은 곳(+거기서 하고 싶은 것)

남미를 여행하며 레게음악에 빠져 보기, 필리핀 와와이 마을에서 6개월 살기, 팔레스타인 올리브 추수 축제 참가하기, 지중해에서 스쿠버다이빙하기, 북극에 가서 오로라 보기, 이집트 사막 가기, 자전거로 제주도 일주하기, 포르투갈에 가서 맛있는 에그타르트 먹기, 우크라이나에 해바라기 보러 가기, 피스보트로 세계일주하기, 캠핑카로 세계여행하기

2. 배우고 싶은 것

5개 국어 마스터하기영어, 일어, 아랍어, 스페인어, 경비행기 조종하는 법 배우기, 사람에게 감동을 줄 수 있는 노래 작곡법 배우기, 음악 치료 배우기, 맛있는 크림 파스타 만드는 법 배우기, 젬베 배우기, 테니스 배우기, 문화 인류학 공부하기, 점성학 공부하기, 스노우보드 타기, 수영특히 접영! 배우기, 눈물 나게 맛있는 아구찜 만드는 법 배우기

3. 하고 싶은 것

스쿠버다이빙 강사 되기, 내가 찍은 사진을 모아 전시회하기, 게스트하우스&카페 운영하기, 결혼해서 애 4명 낳기, 파울로 코엘료 만나기, 번지점프하기, 스카이다이빙하기, 오래 연애하기, 내가 직접 만든 옷 입고 다니기, 수공예품 만들어서 팔기, 여권을 스탬프로 가득 채우기, 1년 동안 돈 한 푼 받지 않고 자원활동하기, 마음 맞는 사람들과 공동체 만들기, 누군가의 롤 모델 되기, 나이 들어감을 감사하기, 완벽한 채식주의

자 되어 보기, 보컬 트레이너 만나기, 나만의 독립된 공간 갖기, 망고나무 심기, 하루 종일 극장에서 영화 보기, 삼국지 읽기, 죽기 전에 내가 가진 물건 다 팔아서 기부하기, 내 키만 한 눈사람 만들기, 동물 친구 만들기, 평생 쓸 수 있고 마음에 드는 별명 짓기, 분쟁지역에서 일하기, 열 손가락에 반지 끼고 다니기, 드래드락 머리한 후 머리 밀기, 히피의 삶 살아보기

시간이 흐른 뒤 꿈의 목록을 보면서 과연 얼마나 많은 것에 '이미 완료'했다는 체크 표시를 하게 될까? 꿈의 목록을 만든다고 해서 다 이루어야 하는 것은 아니지만물론 존 고다드는 이루기 위해 열심히 노력을 했다, 꿈의 목록을 만들면서 나는 얼토당토 않는 꿈을 머릿속으로 상상하기도 하고, 아무것도 아닌 일이지만 마음먹지 않으면 할 수 없는 일들을 하기 위해 다시 마음을 굳게 먹기도 하면서 즐거웠다. 물론 내가 원한다고 해서 결혼한 후 아이 네 명을 낳아 키울 수 없는 노릇이고, 한국의 기후에서 잘 자라지 않는 망고 나무를 심는다는 것이 불가능하다고 해도, 내가 원한다면 어떤 식으로든 이루지지 않을까? 아이를 세 명만 낳고 한 명을 입양할 수도 있고, 따뜻한 나라에 가서 망고나무를 심고 살 수도 있을지 모르니까.

치앙라이
고산족 마을을 방문하고 싶은
여행자들을 위한 가이드라인

STORY 05

텔레비전에서 본 건지 책에서 본 건지 확실히 기억하지 못하지만, 긴 목에 링을 낀 카렌족 여성의 모습을 본 적이 있다. 그 모습을 보면서 사람 목이 어떻게 하면 저렇게 늘어날 수 있을까 궁금하면서도 마치 누군가가 내 목을 잡아 늘리는 것 같은 섬뜩한 느낌이 들었었다. 그땐 그 사람들이 어디에 사는 누구인지 정확히 알지 못했다.

몇 년 후 태국을 여행하면서 카렌족에 대해 알게 되었다. 특히 태국 북부를 여행하면서 태국 북부와 버마, 라오스에 퍼져 살고 있는 고산족에 대해 접할 기회가 많아지면서 카렌족도 고산족 중 하나라는 것을 알게 되었다. 높고 깊은 산속에 살아 고산족으로 불리는 그들은 크게 6개로 나뉘었다. 아카Akha, 몽Hmong, 카렌Karen, 라후Lahu, 리수Lisu 그리고 야

고산족 박물관에는 고산족의 다양한 생활과 모습을 찍은 사진이 전시돼 있다.

오Yao 등이다. 이들의 조상은 티베트나 중국 위난 등에서 몇 세기 전에 넘어왔다고 하는데 저마다 각자의 독특한 문화를 잘 발전시켜 오고 있다. 특히 그들은 색에 대한 감각이 뛰어나 치앙마이 야시장에서는 그들이 만든 정형화되지 않은 다양한 장신구와 소품들을 보는 것만으로도 즐겁다.

고산족이 궁금한 여행객들은 치앙마이에서 고산족이 살고 있는 마을로 트레킹을 떠난다. 치앙마이에 온 대부분의 여행자들이 고산족 마을 트레킹을 필수 코스로 생각할 정도다. 그러나 평소 트레킹을 즐기는 편도 아니고, 트레킹할 생각이 전혀 없었던 나는 그들에 대한 궁금증을 풀기 위해 고산족 박물관을 들르기로 했다. 그러나 치앙마이 근교에 있는

고산족은 색에 대한 감각이 뛰어나다. 그들이 만든 원색의
다양한 수예품은 관광객들에게 큰 인기품목이다.

191

고산족 박물관은 대중교통이 불편한 데다 비용도 생각보다 많이 들어 나는 라오스로 넘어가는 길에 있는 치앙라이에 들러 치앙라이 고산족 박물관을 보기로 했다.

치앙라이 고산족 박물관은 여행자들의 바이블이라 불리는 론리 플레닛에도 나와 있을 만큼 유명하다. 치앙라이로 가 박물관을 찾기는 그리 어렵지 않았으나 박물관 입장료가 50바트나 되었다. 한국 돈으로는 1700원 정도 하는 돈. 물론 1700원이라면 얼마 되지 않는 듯하지만, 태국에서 하루에 적게는 300바트, 많게는 500바트로 생활하는 나로서는 50바트를 쓰는 일이 쉬운 일이 아니었다. 잠시 망설였지만, 고산족 박물관만을 위해 치앙라이까지 왔으므로 박물관에 들어가지 않고 라오스로 갈 수는 없었다.

입장료 50바트를 내고 들어간 박물관은 생각보다 수수했다. 평소 같았으면 그냥 쓱쓱 걸어가며 대충 봤을 전시물을 나는 특별히 찾아온 박물관인 만큼 천천히 여유 있게 둘러보았다. 시설을 그리 잘해놓지 않아 얼마나 특별한 내용이 있을까 싶었는데, 나는 나도 모르는 사이 물품들과 고산족에 대해 설명하고 있는 안내문 앞에 앉아서 필기를 하고 있었다. 거기에서 나는 충격적인 글을 읽었다. 내가 알고 있던 카렌족에 대한 설명이었다.

보통 사람들에겐 잘 알려지지 않았지만, 태국에 있는 '목이 긴 카렌족'

마을은 원래 있었던 것처럼 보이도록 만들어진 마을에 불과하다. 실제 상당수의 카렌족은 버마에 살고 있다. 목이 긴 카렌족이 태국에 있는 이유는 그들을 관광 상품으로 사용하기 위해 한 사업가가 그들을 버마에서 태국으로 데려왔기 때문이다. 그들은 사실상 동물원에 있는 동물들과 다를 바가 없다. 그들이 마을을 벗어나는 일은 아주 힘든 일이다.'

놀라운 일이었다. 상품화시키기 위해 일부러 데려온 사람들이라니. 일부러 그들의 삶을 보기 위해 많은 여행자들이 그들이 사는 마을로 트레킹을 떠나는데……. 여행자의 한 사람으로서, 그들을 직접 보고 싶었던 한 사람으로서 미처 그들의 아픔을 보지 못한 것 같아 마음이 무거웠다.

안내문은 착취와 다름없는 관광산업의 발전을 막기 위해 공정한 여행, 윤리적 여행을 할 것을 권유하고 있었다. 더불어 고산족 마을을 여행하고 싶은 여행자들을 위한 가이드라인을 다음과 같이 적어 놓고 있었다.

1. 사진을 찍기 전에는 꼭 동의를 구한 후 찍어 주세요.
몇몇 고산족 사람들은 사진을 찍히는 것이 그들의 영혼을 빼앗기는 행위라 생각한답니다. 그리고 아픈 사람이나 임신한 사람의 경우, 사진을 찍으면 건강상태가 나빠진다는 믿음을 가지고 있다고 합니다. 사진을 찍기 전에는 꼭 동의를 구하고, 정말 사진을 인화해서 보내줄 수 있는 경우에만 사진을 보내겠다고 약속해 주세요. 사진을 찍으면 영혼을 빼앗긴다고 생각하기도 하지만, 인화된 사진이 돌아오면 빼앗겼던 영혼 또한 그들에게 다시 돌아온다고 믿기 때문입니다.

2. 집에 초대 받아서 함께 식사를 할 때, 직접 음식을 덜거나 음료를 따르지 마세요.
직접 음식을 덜거나 음료를 따르는 것은 그들이 손님을 접대하는 방식이 아니라고 합니다.

3. 옷 갈아입는 모습을 보이거나, 노출이 심한 의상을 입거나, 공공장소에서의 스킨십을 삼가 주세요.

4. 아편 등 마약의 사용을 금합니다.

아편 등 마약의 사용은 법에서 엄격하게 금지하고 있으며, 그들의 문화에서 아편은 늙거나 아픈 사람들을 위한 진통제로만 사용되어 왔습니다.

5. 마을 안에서 술을 마시는 것에 대해 다시 생각해 봅시다.

마을에 있는 작은 상점들에서 파는 맥주는 보통 외국인 관광객을 위한 것입니다. 물론 술을 판매하고 마시는 것 자체에는 문제가 없지만, 외국인들만 주로 마신다는 점 때문에 술을 마시는 행위가 고산족 사람들과 당신 사이의 거리를 더 넓히는 계기가 될 수도 있습니다.

6. 아이들에게 돈이나 사탕을 주지 맙시다.

이것은 아이들이 나중에 커서 구걸을 하도록 도와주는 일입니다. 돈이나 사탕 대신 책이나 연필을 주는 것은 어떨까요? 또한 가이드와 함께 여행을 하는 경우라면 가이드에게 말해 마을 리더에게 직접 기부금을 전달하는 방식은 어떨까요?

7. 모르는 것이 있거나 의심 가는 일이라면 행동하기 전에 물어봅시다.

그들의 문화와 의식을 존중하는 여행자가 됩시다!

박물관 밖으로 나서자 나와 같은 고민들로 머리가 무거워져 있을 여행자들을 위한 공정 여행 상품들을 소개하는 곳이 있었다. 치앙라이와 치앙라이 근교를 여행하는 1박2일이나 2박3일 프로그램도 있고, 잘 알려진 유적지뿐만 아니라 시내를 구석구석 돌아다니는 1일 투어 등 여러 가지 상품이 있었다. 동물원에 있는 동물을 구경하듯 그들을 보고 그들을 사진에 담는 여행이 아닌, 고산족이 사는 마을에서 잠도 자고, 밥도 먹으며 그들의 삶을 직접 체험해볼 수 있는 좋은 프로그램들이었다.

프로그램도 좋고 다른 사람들과 함께 1일 투어 정도는 해보면 좋겠다고 생각했지만, 빠듯한 내 예산과 일정으로는 도저히 소화하기 힘들었다. 정말 아쉽지만 눈물을 머금고 돌아설 수밖에. 언젠가 여유가 되고, 태국에 다시 올 수 있다면 꼭 치앙라이 근교 고산족 마을에서 지내는 체험 프로그램에는 참가해 봐야지.

그런데 내가 낸 입장료 50바트에 커피 한 잔 또한 포함되어 있다는 사실을 뒤늦게 알게 되었다. 서둘러 커피 한 잔을 마시면서 새삼 입장료 50바트 앞에서 망설인 내가 우스웠다. 이렇게 맛있는 커피를 먹을 수 있고, 고산족에 대한 이해를 할 수 있었는데. 맛있는 커피를 마시면서 나는 앞으로 어떤 여행을 하면 좋을지 생각했다.

라오스

나라와 나라의 경계, 그리고 그것을 넘어가기

Walk this way to see Weaving
Natural Dyes, Silk-worm Raising
Demonstration at Lao Textile
Natural Dyes and Mulberry
Paper at Ariya Handicrafts
All at Xangkhong Village
500 M

루앙프라방을 제대로 즐기는
스테이 어나더 데이

치앙라이에서 라오스의 루앙프라방으로 가기 위해 또 다시 야간 버스
에 올랐다. 장거리 버스여행은 힘들다. 너무 센 냉방 때문에 덜덜 떨기도
하고, 소매치기가 걱정돼 깊은 잠을 자지 못하기도 한다. 그러나 내가 좋
아하는 음악을 들으면서 차창 밖의 다양한 풍경을 바라보거나 생각을 깊
이 할 수 있는 더없이 좋은 시간이기도 하다.

새벽에 도착한 루앙프라방의 새벽 공기는 매우 신선했다. 높은 건물
하나 보이지 않고, 마치 시골 읍내 같은 분위기였다. 차도도 좁고, 골목
도 좁았다. 골목으로 들어가 게스트하우스를 찾아 짐을 풀자마자 나는
누가 업어 가도 모를 정도로 깊은 잠에 빠졌다.

잠에서 깨어나 간단히 요기를 하고 내가 맨 처음 찾아간 곳은 고산족

전통문화와 종족 박물관센터 입구. 이곳에는 고산족
에 관한 다양한 물품들이 전시돼 있다.

문화를 소개하는 전통문화와 종족 박물관센터Traditional Arts and Ethology
Center였다. 이곳은 치앙라이의 고산족 박물관보다 전통 의상과 장신구가
훨씬 많이 전시돼 있었다. 치앙라이 고산족 박물관에서 느꼈던 그 감동
은 느낄 수는 없었지만, 뛰어난 색감을 가진 고산족들의 화려한 의상은
나의 눈을 만족시키기에 충분했다.

박물관을 꼼꼼히 둘러보고 나오다 '스테이 어나더 데이Stay Another Day'
에 관련된 책자를 구할 수 있었다. 스테이 어나더 데이를 말 그대로 번역
하면 '다른 하루를 머무르는' 여행을 하자는 것이다. 단순히 보지만 말고
직접 참여하고 느끼면서 라오스를 체험하라는 것. 여행을 떠나기 전 스
테이 어나더 데이에 관련된 자료를 인터넷에서 봤지만 인터넷에는 정보
가 너무 많기도 하고, 감이 잘 잡히지 않았다.

책에는 다양한 정보가 꼼꼼히 정리돼 있었다. 쌀국수를 먹으면서 나는

로얄발레극장에서 토요일 저녁마다 열리는 전통춤. 알록달록한 전통옷을 입은

아이들의 공연 모습이 매우 인상적이다.

LAOS : 200

공정무역 가게를 운영하면서 루앙프라방에 대한 다양한 정보를
제공하는 콥노이. 2층에 있는 루앙프라방에서 뭘 할까 고민하는
여행자들을 위한 다트놀이가 퍽 인상적이다. 다트를 돌려 멈췄을
때 화살표가 가리키는 번호에 따라 즐기라는 것인데. 루앙프라방
에서 즐길 수 있는 것을 무려 40개도 넘게 적어놓았다. 다트화살
표가 멈춘 상태(위쪽)와 다트 번호에 따라 즐길 수 있는 곳을 표
시한 안내판(아래쪽).

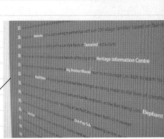

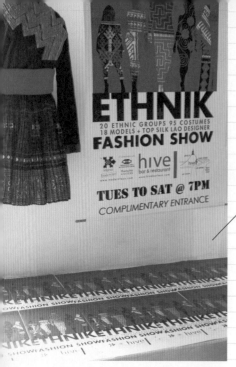

매주 목요일부터 토요일까지 저녁 7시에 하이브바
에서 열리는 전통 패션쇼 안내 포스터.

학생 도서관이면서 어린이와 청소년을 위한 책을
만드는 단체 빅 브라더 마우스 입구.

여행자들의 쉼터 에트랑제 풍경. 이곳의 달짝지근하고 시원한 커피는 에트랑제의 편안한 분위기와 함께 지친 여행자들에게 휴식을 제공한다.

라오스에서 보낼 시간이 매우 즐거울 것만 같은 예감이 들었다. 이곳에 머무는 6일 동안 스테이 어나더 데이가 제안하는 방식대로 지내기로 마음먹었다.

책을 보고 맨 처음 찾아간 곳은 빅 브라더 마우스Big Brother Mouse. 이름부터 귀여운 이곳은 라오스 학생 도서관이자 어린이와 청소년을 위한 책을 만드는 단체다. 시골 마을에서는 아이들이 교과서 외에 다른 책을 접할 기회가 없는데, 바로 그런 점을 개선하기 위해 노력하는 단체 중 대표적인 곳이었다. 이곳에서는 매일 아침 9시부터 11시까지 현지 학생들과 영어로 대화하는 시간이 있는데, 나는 그 시간에 가서 두 명의 라오스 대학생들과 함께 이야기를 나누었다.

몽족으로 산에서 살다 루앙프라방으로 옮겨왔다는 그들로부터 라오스의 축제와 몽족 문화에 대한 이야기를 들으면서 그들을 좀 더 이해할 수 있었는데 라오스의 청소년과 청년을 만나기에는 가장 좋은 장소라는 생각이 들었다. 그러다 한 친구가 스무 살이라는 것을 알게 돼 나는 인터뷰까지 하는 행운을 얻기도 했다.

루앙프라방 거리를 산책하다 수공예품과 옷들을 파는 옥팝톡Ock Pop Tok이란 숍을 발견하고 들어갔는데, 이곳 역시 스테이 어나더 데이에서 제안하는 곳 중 하나였다. '동쪽이 서쪽을 만난다'는 뜻의 이름을 갖고 있는 이 숍에서는 단순히 물건을 판매하는 것 외에도 천연 염색하기, 베짜기, 스카프 만들기, 대나무 바구니 만들기 등의 다양한 체험 프로그램이 있었다. 시간적 여유가 있고, 주머니 사정도 조금 넉넉한 사람이라면 정말 좋은 코스라는 생각이 들었다.

체험활동에 참가하지 못해 조금 서운했는데 옥팝톡에서 매주 월요일마다 이야기 모임이 열린다는 정보를 들었다. 때마침 월요일이어서 모임에 참석해 라오스 문화와 소수민족 문화 및 공예품들에 대한 이야기를 들을 수 있었다. 특히 그 날의 주제는 마을에 있는 직조전문가에 대한 이야기였는데 그들이 만든 상품을 직접 구경하고, 그들의 생활을 촬영한 슬라이드 쇼를 보기도 했다.

그 외 찾아간 곳들은 콥노이Kopnoi, 로열발레극장Royal Ballet Theater, 에트랑제 북앤티L' Etranger, Books&Tea, 하이브바Hive Bar 등이다.

콥노이 1층에는 공정한 방식으로 만들어지고 거래된 물건을 살 수 있는 공정무역 가게가 있고, 2층에는 루앙프라방에 대한 정보와 루앙프라방에서 하루를 보낼 수 있는 정보가 있는 전시공간이었다.

로얄발레극장은 옛날 란쌍이라는 왕국의 왕궁이었던 곳을 국립박물관으로 이용하는 한편 공연장으로도 사용하고 있었다. 이곳에서는 라오스의 전통춤을 볼 수 있는데 특히 고대 인도의 대서사시인 '라마야나'를 라오스 스타일로 볼 수 있었다. 알록달록한 색깔의 의상을 입은 아이들이 열심히 공연하는 모습이 인상적이었다.

에트랑제 북앤티는 다양한 책을 볼 수도 있고, 가끔 영화를 상영하기도 해 여행자들이 쉬어 가기에 좋은 곳이다. 하이브바는 피자와 술을 즐길 수 있으며 가끔 전통의상 패션쇼와 전통공연이 열리는 곳이다. 그러나 안타깝게도 내가 머무는 동안에는 쇼가 열리지 않았다.

말레이시아의 말라카에서 경험했던 오후처럼, 태국 빠이의 저녁 거리에서처럼 나에겐 가이드북으로부터 자유로워질 수 있는 기회가 무수히 많았지만 여행을 하면서 왠지 모를 불안감 때문에 여전히 손에서 가이드북을 떼놓을 수 없었다. 하지만 라오스의 루앙프라방에서는 정말 미련 없이 가이드북을 놓아버렸다. 어디 가서 '무엇'을 보고, 어디에서 '무엇을 먹을지'만 생각하던 나였는데, 스테이 어나더 데이 덕분에 나는 어딜 가나 '누구'를 만나고, 어디에서나 '체험'을 할 수 있었다.

가이드북에서 알려주는 정보대로만 여행을 하고 라오스를 만났다면 만나지 못했을 사람들을 스테이 어나더 데이 덕분에 만나 즐거운 시간을 보냈다. 물론 가이드북이 알려주는 아름다운 폭포에 가서 수영도 하고 맛있는 식당에서 밥을 배불리 먹기도 했지만, 정해져 있는 여행의 길에서 살짝 벗어나 좀 더 가까이에서 라오스를 만나고 느낄 수 있었던 것은 모두 스테이 어나더 데이 덕분이다. 매일매일 그렇게 새로운 곳을 찾아다니며 탐험을 할 수는 없겠지만, 단 하루라도 여유를 가지고 이제까지와는 조금 다른 하루를 보내보는 여행은 어떨까? 그것이 바로 스테이 어나더 데이가 제안하는 여행이다.

루앙프라방에서는 이른 아침 오렌지색의 가사를 걸친 승려들이 음식을 담는 발우를 들고 탁발을 한다. 관광객들이 이 모습을 찍느라 언제나 주변이 북새통을 이룬다.

세상의 스무 살 10　　　**통 마우아**_라오스, 루앙프라방

"다음에 네가 다시 올 때는
멋진 가이드가 되어 있을게"

빅 브라더 마우스에서 우연히 만난 통은

고산족 중의 하나인 몽족이었다.

고산족이라고 해서 특별할 것 같았는데,

대학에서 영어교육을 공부하면서 가이드가 꿈인 통은

내 또래의 스무 살과 크게 다르지 않았다.

LAOS : 208

모모 - 지금 어떤 일을 하는지 궁금해. 학생이야?

통 - 응. 난 대학교에 다니고 있어. 전공은 영어교육이고, 라오스 문화와 지리에 대해서도 관심을 갖고 공부를 하는 중이야.

모모 - 아, 그렇구나. 근데 지금 학교에 있을 시간 아니야?

통 - 응, 근데 오늘은 안 갔어.

모모 - 웃음 한국에서도 학생들이 가끔 땡땡이를 치긴 하지. 아무튼 지금 네가 하고 있는 공부에 대해 더 자세히 알고 싶어. 난 특히 라오스 문화에 대해 궁금한데, 좀 알려줘.

통 - 문화? 특별히 어떤 것에 관심이 있지? 축제 같은 게 좋을까? 라오스에는 5월에 열리는 라오스 새해 축제인 삐마이 라오, 4월이나 5월 중에 루앙프라방에서 열리는 미인선발대회, 그리고 8월이나 9월 중 이틀간 열리는 보트경주 대회와 10월에 열리는 또 하나의 보트 대회가 있어. 그리고 12월엔 몽족의 새해축제 너베자오가 있고.

모모 - 몽족? 고산족 중 하나인 몽족을 말하는 거야?

통 - 응. 나와 여기 내 사촌형은 몽족이야. 예전에 어렸을 땐 라오스 북부 시골에서 살다가 1997년에 온 가족이 루앙프라방으로 옮겨왔어. 그때부터 루앙프라방에서 살고 있고.

모모 - 그렇구나. 난 고산족에 대해 궁금한 것도 많고 알고 싶은 것도 많아! 특히 고산족 여성들이 만드는 수공예품에 큰 관심을 갖고 있어. 박물관에서 전통의상도 보고 이런저런 설명을 듣기도 했는데, 정말 평소에도 그런 의상을 입는 거야?

통 - 입긴 하는데 그렇다고 매일 입는 건 아니야. 새해나 결혼할 때, 파티가 있을 때 주로 입어. 보통은 전통의상 말고 평상복을 입어. 웃음

모모 - 하긴 매일 그렇게 입으면 불편하긴 하겠다. 우리도 전통의상이 있긴 한데 정말 가끔씩 입거든. 사실 일 년에 한 번도 입지 않을 때도 있어. 도시에서도 몽족의 새해맞이를 하는 거야? 아님 시골에서만?

통 - 루앙프라방이 도시이긴 해도 꽤 많은 몽족이 살고 있어. 그래서 루앙프라방에서 새해맞이 축제를 해. 그땐 몽족 모두 전통의상을 다 갖춰 입고 일주일간 민속놀이를 즐기지.

모모 - 와, 그렇구나. 꼭 한 번 보고 싶다. 가족들도 다 같이 여기서 산다고 했는데 형제는 몇 명이고, 다른 형제들은 뭘 하면서 지내?

통 - 난 7남매 중 딱 중간인데, 큰형은 여행 가이드로 루앙프라방에서 일하고 있어. 누나 중 한 명은 야시장에서 수공예품을 팔고, 여동생들은 아직 학교에 다녀.

모모 - 그렇구나. 다들 서로 다른 일들을 하고 살고 있구나. 네가 어렸을 때 어떤 일을 하고 싶었는지 궁금해.

통 - 어렸을 때? 난 그냥 생각 없이 놀기만 해서 잘 모르겠는데.

모모 - 그럼 지금은 어때? 지금 하고 싶은 게 뭐야? 아직 몰라도 괜찮아!

통 - 지금은 가이드나 영어 선생님이 되고 싶어. 그래서 대학에서 그런 것들을 배우고 있는 중이고. 지금 생각은 그런데 앞으로는 어떻게 될지 모르겠어.

모모 - 만약 내가 다시 루앙프라방에 온다면 그땐 가이드가 되어 있는 널 만날 수 있을지도 모르는 일이네? 좋은 가이드가 되길 바랄게!

고산족이라고 해서 전통의상을 입고 특별하게 살 것이라고 생각하지 않았지만, 막상 루앙프랑방에서 만난 통의 모습은 다른 라오스 사람들과 하나도 다르지 않은 모습을 하고 있었다. 그래서 처음에는 그가 고산족인 줄 몰랐다. 몽족이며, 라오스에 살고 있는 스무 살이라 나와 다른 생각을 하고, 나와는 다른 걱정을 하고 있을 거라 생각했지만 스무 살 통이 가지고 있는 생각은 다른 나라에 살고 있는 스무 살들과 그리 다르지 않았다. 대학에 다니며, 가끔씩 수업을 빼먹기도 하고, 졸업 후에는 무엇을 할지 고민을 하고 있는 스무 살들과 말이다.

"그림을 그리고 싶어 대학에 갔고,
 졸업한 후에는 자유롭게 일할 거야"

루앙프라방의 쾌적하고 안락한 도미토리에서 만난

한국인 스무 살 다움. 한국 사람을 인터뷰하는 건 처음이었는데,

언어의 장벽이 없었기 때문에 다양한 주제를 갖고

오랫동안 많은 이야기를 나눌 수 있었다.

내가 평소에 알고 지내던 한국의 스무 살들과는

다른 스무 살이었던 다움과의 대화.

모모 - 이제껏 여행을 해오면서 여행을 하고 있는 한국의 스무 살을 만나는 게 쉽지 않았는데 만났네. 휴학하고 여행을 하고 있는 거야?

다움 - 응. 이번 학기랑 다음 학기를 휴학하고 여행을 하고 있는 중이야.

모모 - 얼마나 긴 여행을 생각하기에 두 학기나 휴학한 거야?

다움 - 이번 여행은 태국이랑 라오스 두 나라를 한 달간 여행하는 일정이고, 7월에 일본으로 워킹홀리데이를 갈 계획이라 두 학기를 휴학했어.

모모 - 아, 그렇구나. 그럼 휴학하고 어떻게 지내다 태국과 라오스 여행을 시작하게 된 거야?

다움 - 휴학하고 아르바이트를 하면서 여행경비를 모았어. 여러 가지 아르바이트를 하면서 돈을 모아 소원하던 배낭여행을 떠난 거지.

모모 - 아, 그랬구나! 여행은 어떤 계기로 결심하게 됐어?

다움 - 친하게 지내는 사람 중에 여행을 굉장히 좋아하고 자주 다니는 분이 있는데 그분의 영향을 많이 받았어. 원래 인도에 대한 이야기를 엄청 많이 들었는데 왠지 인도가 확 끌리지 않았어. 그냥 어디든 배낭여행을 하고 싶다고 생각하던 차에 라오스 사진을 우연히 보고는 정말 멋지단 생각을 하게 되고, 꼭 한 번 와보고 싶었지.

모모 - 대학교를 다니다가 휴학을 했다고 했지? 전공은 뭐야?

다움 - 디자인을 전공하고 있어. 산업디자인 쪽인데 관심 있는 건 소품이나 팬시, 일러스트레이션 쪽이야. 어렸을 때부터 그림 그리는 걸 굉장히 좋아했고, 고등학교 2학년 때 디자인으로 진로를 정했어. 그런데 미대 입시를 준비하고 있던 애들이 나보고 이미 늦었다고 하는 거야. 너무 늦었다고 하니 그냥 포기하고 다시 공부만 했지. 그렇지만 공부를 해야 하는 뚜렷한 목표가 없다 보니 왜 이걸 하고 있나 하는 생각이 자꾸 드는 거야. 그래서 정말 늦었지만 고등학교 3학년 여름에 미대 입시를 준비했어. 그때도 다들 늦었다고 그랬지만, 결국 미대에 진학했고 디자인과를 다니고 있지. 결과적으로 보면 그리 나쁜 결정은 아니었어. 웃음

모모 - 오, 정말 대단하다. 반 년 동안 준비했으니 정말 고생했겠는데?

다움 - 응. 아침 9시부터 저녁 10시까지 매일 그림을 그렸어. 그러다보니 몸도 정말 힘들고 마음도 힘들었지. 처음 학원에 가서 선을 그리는 것부터 시작했는데, 다른 아이들은 하루 종일 그림을 그리고 있었지. 그 아이들이 정말 대단해 보였어. 그런데 나중에 나도 그림을 좀 배우고 나니 친구들이 하는 게 그리 대단한 게 아니라는 걸 알게 되었지. 그땐 내가 남들보다 늦었다고 생각했기 때문에 많이 힘들었던 것 같아.

모모 - 그렇구나. 그럼 앞으로 계속 디자인 분야에서 일할 생각이야?

다움 - 응. 난 디자인을 하고, 일러스트를 그리면서 먹고 살 만큼만 벌 생각이야. 사실 주변에 대기업에 들어가려고 노력하는 사람도 많은데, 사실 그렇게 일하면 자신이 하고 싶은 디자인을 하는 건 거의 불가능하지. 난 자유롭게 일하고 싶어. 비록 돈을 적게 벌지라도.

모모 - 어렸을 때 꿈도 디자인이나 미술 분야였어?
다움 - 아니. 어렸을 땐 알프스 산맥에 있는 목장 주인하고 결혼해서 양치기하면서 사는 게 꿈이었어. 웃음

모모 - 내가 이제껏 들어본 꿈 중에 제일 신선하고 재미있는 꿈인데? 정말 그런 일이 생길지도 모르겠고. 그 꿈도 꼭 이뤄지길 바랄게! 웃음

　다움과는 언어 장벽이 없던 탓에 많은 이야기를 나눌 수 있었다. 특히 주변에 대학생이 별로 없던 나에게 대학생활에 대한 궁금증을 풀어주는 좋은 시간이었다. 남들과 비슷한 길을 걷긴 했지만 뒤늦게 미대 입학을 준비하고, 자신이 원하는 것을 공부하고 있다는 다움의 이야기를 들으면서 많은 사람들이 무조건 대학을 간다고 생각했던 내 판단이 성급했다는 생각을 했다.
　다움은 멋진 스무 살이었다. 자신이 하고 싶은 것이 무엇인지 정확히 아는 스무 살. 돈은 조금 적게 벌어도 자신이 정말 하고 싶은 일을 하고 싶다는 다움. 앞으로 정말 원하는 대로 살아가길 응원하고 싶은 스무 살이었다.

"좋아하는 사람들과 행복하게 살고 싶어"

다음과의 인터뷰 다음날, 루앙프라방 거리에서

또 한 명의 한국인 스무 살을 만나게 되었다.

입대를 앞두고 여행을 떠나온 스무 살 수빈은

오지를 여행하기 위해 여행을 나섰다고 했다.

아이들을 좋아하고, 맘에 맞는 사람들과

마을을 만들어서 살고 싶다는 꿈을 가진 수빈과의 만남.

모모 - 지금 학기 중일 텐데 휴학을 하고 여행 중이야?

수빈 - 응. 군대 가는 것 때문에 이번 학기부터 휴학을 했어. 입대하기 전에 여행을 하고 싶어서 나왔고. 원래는 아프리카에 있는 나라에 가고 싶었는데 여행사를 통해서 가는 방법을 알아봤더니 너무 비싸더라고. 남아프리카공화국으로 15일 동안 가는 일정을 알아봤는데 거의 300만원 가까이 들어서 엄두가 나지 않았지.

모모 - 오우, 정말 비싸네. 예산 때문에 어쩔 수 없이 라오스로 온 거야?

수빈 - 꼭 그런 것만은 아니야. 한국에서 가깝기도 하고, 사람들이 잘 안 가는 곳을 찾아다니고 싶어서 라오스로 왔어. 사실 이곳 루앙프라방도 엄청난 관광지이긴 하지만. 처음에는 정말 오지만 찾아다니면서 한 곳에서 1~2주 정도 머무는 여행을 하고 싶었는데 일정이 짧아서 그렇게 여행을 하고 있지 못해.

모모 - 그럼 지금까지 어디를 여행하고 루앙프라방으로 온 거야?

수빈 - 먼저 태국 방콕에서 며칠 지낸 후 라오스로 와 수도인 비엔티안에 갔다가 방비엥, 루앙프라방, 그리고 북부에 있는 므앙응오이느아에 갔다 다시 루앙프라방으로 돌아왔어.

모모 - 이제껏 라오스 여행을 해보면서 어디가 제일 좋았어?

수빈 - 난 므앙응오이느아가 제일 좋았어. 루앙프라방이나 방비엥과는 다른 정말 시골이야. 길도 포장이 안 된 흙길이고, 전기도 저녁에 3시간 정도밖에 들어오지 않는 오지 중의 오지야. 물론 인터넷도 안 되고. 난 그런 점들이 무지 좋았어. 할 일이 그리 많지 않은 동네라서 좀 심심할 수도 있는데 나는 그곳 마을 아이들이랑 함께 놀고, 강가에서 수영하고, 무작정 걸어서 주변을 구경하면서 시간을 보냈는데 정말 재밌더라고. 여행하는 사람들도 훨씬 적어서 좋았고.

모모 - 그랬구나. 애들이랑 같이 노는 걸 좋아하나봐?
수빈 - 응. 애들이랑 노는 걸 정말 좋아해서 루앙프라방에서도 아이들과 놀려고 학교에 가기도 했어. 학교에 가서 혼자 앉아 있으면 아이들이 신기해서 그런지 내 주변으로 하나둘씩 모이더라고. 근데 이상하게도 어른들하고는 친해지는 게 어려웠어. 원래 여행하면서 현지 사람들과 친해지는 게 목표였는데, 현지의 아이들이랑 친해지고 재밌게 놀았으니까 그걸로 된 거지.

모모 - 그렇구나. 애들을 좋아한다고 했는데, 아이들과 함께하는 일도 하고 싶어? 어렸을 때의 꿈이 뭔지 궁금해.
수빈 - 난 마을을 만들어서 좋아하는 사람들을 모아 같이 사는 게 꿈이었어. 근데 돈이 좀 많이 들 것 같아서 어떻게 될지는 잘 모르겠어. 정말 마음 맞는 사람들을 모으는 것도 힘들 것 같고.

모모 - 정말 멋진 꿈인데? 지금은 어떤 꿈을 가지고 있어?

수빈 - 난 결혼해서 여행 다니고, 행복하게 사는 게 꿈이야. 그리고 제대하면 인도로 여행을 떠나고 싶어. 사실 복학을 해야 할지 말아야 할지, 여행을 떠나야 할지는 그때 가서 생각해 봐야겠지?

  수빈과는 루앙프라방 골목에 있는 반찬 가게에서 반찬을 사서 함께 저녁을 먹으며 인터뷰를 했다. 특히나 수빈의 여행방식이 나에겐 퍽 신선하게 다가왔다. 나는 공정여행에 대해 고민하고, 공정여행을 해야겠다고 마음을 먹고 이런저런 노력을 하고 있는데, 수빈은 어딘가에 얽매이지 않은 채 공정여행에서 말하는 제대로 된 여행에 가깝게 여행을 하고 있었다.

  애들과 노는 걸 좋아해서 새로운 마을에 가면 아이들이 모여 있는 학교나 공터에 가서 아이들과 이야기를 하고, 축구를 한다는 수빈. 누구나 생각할 수 있고, 해보고 싶다고 생각은 하지만 쉽게 실천에 옮겨지지 않는 일인데 수빈은 너무나도 자연스럽게 그런 여행을 이어나가고 있었다. 수빈을 보며 거창하지 않아도 특별히 규정짓지 않아도 자신만의, 자신이 행복할 수 있는 여행을 하는 것이 중요하다는 생각이 들었다. 그리고 나도 그렇게 여행을 하고 싶었다.

국경을
넘는다는 것에 대하여

STORY 02

국경을 넘나들며 여행을 한 지 4개월쯤 지나자 나는 슬슬 여행이 주는 신선한 충격들에 무뎌져 갔다. 매일 새로운 것을 접하는 것이 신선하기보다는 피곤함으로 다가오고, 매일 아침 무엇을 할지 고민하는 것도 힘들다는 생각이 들었다. 새로운 도시에 도착해 숙소를 찾고, 먹을 만한 식당을 찾는 것이 점점 스트레스로 다가왔다. 즐겁게만 느껴졌던 모든 일들이 힘들고 피곤해지면서 나는 왜 이 여행을 계속하고 있는지 나에게 끊임없이 물었다. 나는 무엇을 위해 이곳에 왔을까, 나는 왜 여기서 이렇게 사서 고생을 하고 있을까.

라오스를 떠나 내가 갈 나라는 캄보디아. 말레이시아에서 태국으로 갈 때는 정말 입국 수속이 간단했다. 역시 태국에서 라오스로 갈 때도 돈도

들이지 않고 비자를 발급받을 수 있었다. 그러나 캄보디아로 들어갈 때는 사정이 조금 달랐다.

캄보디아의 국경에서 일하는 사람들이 불법적으로 돈을 조금씩 요구한다는 이야기는 이미 가이드북과 사람들을 통해 알고 있었다. 그럴 때는 잔돈이 없다며 큰 액수의 지폐를 내면 그냥 안 받고 넘어가기도 하고, 인내심을 가지고 이야기를 하면 조금 적게 낼 수 있다고도 했다. 같은 버스에 탄 독일 아저씨는 비자비용이 아닌 다른 돈을 요구할 때 영수증을 써달라고 하면 돈을 주지 않아도 된다고 말했다.

버스가 국경에 다다랐을 즈음 나름 마음의 준비를 단단히 했다. 출입국 관리는 라오스에서 출국을 했다는 도장을 먼저 받고, 그 다음에 입국

비자와 다른 절차를 밟는데 생각지도 못했던 라오스 출국 도장부터 문제가 생겼다. 당연히 아무런 요구도 하지 않을 것이라 생각했는데 1달러를 내라는 것이었다. 한국인의 경우, 라오스에 입국할 때 15일 무비자로 들어갈 수 있으므로 돈 한 푼 내지 않고 라오스에 들어갈 수 있다. 그런데 나올 때는 돈을 내야 한다는 것이다. 나는 독일 아저씨 말이 생각났다.

"1달러 낼 테니까 대신 영수증을 주세요. 그럼 낼게요."

"지금 영수증 없어요."

"아침 10시인데 준비한 영수증이 없다는 게 말이 되요?"

"그럼 출국 도장 없이 넘어가든지, 그냥 이 여권 가져가세요."

순간 아차 싶었다. 1달러가 큰돈은 아니지만 부당하게 돈을 요구하는 것이 너무 화가 났던 건데 이대로 버티다간 캄보디아 입국조차 할 수 없겠구나 싶었다. 배낭 때문에 어깨는 빠질 듯이 아프고, 날씨는 더워 땀도 뻘뻘 흐르고. 점점 화가 났지만 싸울 수 있는 상황이 아니었다. 하는 수 없이 1달러를 내고 출국 도장을 받았다.

그러나 이것은 시작에 불과했다. 비자 비용은 알려진 것보다 3달러 비쌌고, 돈을 더 요구하는 경우도 있었다. 라오스 출국관리소에서 이미 힘을 뺀 상태였기에, 그냥 어이없다는 듯이 웃으며 돈을 내고 비자를 받았다. 여권을 챙기고 지나려는데 옆에서 다른 사람이 출입국 사무소 직원과 실랑이를 벌이고 있었다.

"저 아직 거스름돈 7달러 못 받았는데요."

"방금 주머니에 돈 넣는 거 봤는데, 확인해 봐요."

"그건 제 돈인데요. 보세요. 4달러밖에 안 되잖아요."

그러자 출입국 관리소 직원은 어쩔 수 없다는 듯이 다시 3달러를 내줬다. 그 상황을 보고 있자니 무지 화가 나고 당장 가서 따지고 싶었다. 그러나 결국 내가 이 상황을 변화시킬 수 없다는 생각이 들자 무력감이 물밀듯 밀려왔다. 아무리 따져봤자 소용없을 것 같았고, 주변에 그 누구도 따질 생각을 하지 않았다. '어쩔 수 없지. 그거 몇 달러 된다고' 하고 생각하는 듯했다. 그래서 이런 일이 사실 공공연하게 일어나고 있는 일인지도 모른다.

돈이 아깝기도 하지만, 내지 않아도 되는 돈을 출입국 관리소 사람들이 권력과 상황을 이용해 여행객에게 돈을 받아내는 상황에 너무 화가 났다. 그런 상황에 개인 여행자가 할 수 있는 일이 거의 없다는 것을 그들은 너무도 분명히 알고 있었고, 그 상황을 이용해 더 쉽게 돈을 요구하는 것 같았다. 그러면서 또 든 생각은 국가가 비자발급비와 같은 명분으로 돈을 받는 것은 과연 정당할까 하는 것이었다.

국경을 넘는다는 것이 늘 쉬운 일은 아니었지만, 이렇게 힘들 줄이야. 자유롭게 국경을 넘나들 수 있다는 사실 자체에 감동받았던 시간들은 지나가고, 여행 중에는 물론 여행이 끝난 후에도 '국경'과 '경계'라는 것이 우리에게 무엇을 의미하는지 깊이 생각을 하게 되었다. 여행이 끝난 후 나는 그런 생각들을 모아 노래 한 곡을 만들었다.

They didn't know 그들이 몰랐던 것

Look at the birds flying freely all around

자유롭게 날아다니는 새들을 보세요

They can go wherever they wanna go

그들은 가고 싶은 어디든 갈 수 있어요

There is no one stopping them traveling here to there

그들이 이곳저곳 다니는 것을 막을 사람은 없어요

There is nothing that can stop them traveling around

그들이 여행하는 것을 막을 것은 아무것도 없죠

Look at us who need to travel with the book

우릴 보세요. 작은 책(여권)을 가지고 여행해야 하는 우리를

Some can go, but some can't because of the book

그 책 때문에 누구는 여행을 할 수도, 할 수 없기도 해요

There are many things stopping us traveling here to there

많은 것이 우리의 여행을 막을 수 있고,

There are people who can stop us traveling around

우리가 여행하는 것을 막을 수 있는 사람도 많아요

Trapped in the frame that we made

우리가 만들어놓은 틀 안에 갇혀

we can no longer be free

우리는 더 이상 자유로울 수 없어요

Cut our wings that once we had

우리가 가졌던 날개를 우리가 잘라버렸기에

we can no longer fly around

우린 더 이상 자유롭게 날아다닐 수 없어요

Wright Brothers made a dream come true to fly like birds

라이트 형제는 새들처럼 날아다니는 꿈을 이루었지만

But They didn't know how to be free like birds

그들은 어떻게 해야 새들처럼 자유로워질 수 있을지 알지 못했죠

Traveling the world without anyone stopping us

누구도 우리의 여행을 막지 않는 것

Could it be possible

과연 가능할까요?

Could it be possible

과연 가능할까요?

Look at the birds flying freely all around

자유롭게 날아다니는 새들을 보세요

They can go wherever they wanna go

그들은 가고 싶은 어디든 갈 수 있어요

There is no one stopping them traveling here to there

그들이 이곳저곳 다니는 것을 막을 사람은 없어요

There is nothing that can stop them traveling around

그들이 여행하는 것을 막을 것은 아무것도 없죠

캄보디아

광기의 흔적이 관광지로 남다

한이 서린 땅, 프놈펜의 킬링필드

국경을 지나 버스로 달려 하룻밤을 더 보내고 나서야 수도 프놈펜에 도착할 수 있었다. 며칠씩 이동을 하다 보니 몸이 많이 지쳤다. 날씨는 또 왜 그렇게 더운지 정말 길거리에 퍼질러 앉아 엉엉 울고 싶은 심정이었다. 그렇지만 또 꼬불꼬불 골목을 뒤져 숙소를 잡아야 했다. 숙소에 들어가 샤워를 하고 몸을 누이니 비로소 살 것 같았다.

프놈펜에서의 주요 일정은 킬링필드와 지금은 박물관이 된 뚜얼슬랭 두 곳을 보는 것이었다. 인터넷을 통해 킬링필드에 대해 좀 더 자세히 알아보면서 나는 경악을 금치 못했다. 1975년부터 4년간 학살당한 사람은 200만 명에 가까운데 무려 당시 인구의 3분의 1이나 된다고 했다.

나는 먼저 지금은 박물관이 된 뚜얼슬랭으로 갔다. 원래 학교였던 이곳은 크메르 루즈가 입성한 후 'Security Prison 21S-21'이란 이름을 붙인 수용소로 변한 곳이다. 티켓을 끊고 화살표를 따라 둘러보기 시작하는데, 처음 들어간 방에서부터 나는 움직일 수가 없었다. 고문 기구만 달랑 있는 그 방에서는 어떤 기운이 느껴졌다. 무섭고, 불안하고, 아프고, 슬픈. 아침이었는데도 불구하고 마치 추운 한겨울 같은 느낌. 시작부터 이렇게 힘든데 어떻게 다 둘러볼 수 있을까 걱정이 됐다.

　방들은 모두 저마다 다른 종류의 고문 기구들을 갖다 놓고 있었다. 그리고 그곳에서 얼마나 많은 사람들이 어떻게 죽었는지 설명하고 있었다. 이곳 수용소에서 고문당하고 죽은 사람은 2만 명 정도. 이곳에 들어왔다 살아나간 사람은 불과 7명밖에 되지 않는다고 했다.

뚜엉슬랭. 학교였던 이곳은 킬링필드 당시 수용소로 사용되다 지금은 박물관이 됐다. 방에는 고문 기구만 달랑 놓여 있어 더 공포스러웠다.

방 곳곳에는 수감자들의 사진이 걸려 있었다. 처형당하기 직전이나 직후 사진들. 사진 속에서 누구는 초점 없이 넋을 놓고 있었고, 누구는 미소를 짓고 있었고, 누구는 울고 있었다. 그들의 사진은 나를 더 꼼짝 못하게 했다. 그들은 사진 속에서 계속 살아 있으면서 왜 끌려와 고문을 당하고 죽어가야 하는지 고통스럽게 묻고 있는 듯했다.

뚜얼슬랭에서 나와 흙먼지 날리는 길을 달려서 도착한 곳은 프놈펜 근교 쯔엉엑에 있는 킬링필드. 이곳은 말 그대로 학살터. 가장 염려했던 것은 뚜얼슬랭에서 몹시도 힘들었던 탓에 킬링필드에서 당시 희생자들의 해골로 채워진 위령비를 과연 볼 수 있을까였다. 그러나 신기하게도 실제로 본 위령비 속 희생자들의 유골과 유해는 무섭다는 생각이 들지 않았다. 오히려 위령비 속 유골보다 뚜얼슬랭 복도와 교실에서 나는 더 잔인함을 느꼈다. 그것은 너무 지나치게 끔찍해서 거짓이라고 느끼거나 혹은 거짓이라고 생각하고 싶은 상황, 그래서 현실감이 떨어진 탓이 아닐까.

©임종진

©임종진

공산주의를 정착시키기 위해 대학살을 감행했던 그들. 어쩌면 당시 시대적 분위기가 그들을 광기로 이끈 게 아니었을까. 그들을 옹호할 생각은 추호도 없지만, 단순히 그들만의 잘못이 아니었을지도 모른다는 생각도 들어 마음이 몹시 찜찜했다.

세계 7대 불가사의 중 하나로 꼽히는 앙코르와트가 있는 나라 캄보디아. 그리고 킬링필드가 있는 나라 캄보디아. 그 땅에서 나는 그 어느 것도 쉽게 이해되지 않아 많은 것을 스스로 질문했다. 어쩌면 그것들은 정답이 없는 것들일 텐데.

학살터와 해골(왼쪽)보다 당시 수감자들의 사진이 걸린
뚜엉슬랭 복도와 교실에서 나는 더 몸서리쳤다.

©임종진

"한국으로 가서 일하는 게 내 꿈이야"

한국의 아이돌 그룹 샤이니를 좋아하는 사롬은

새벽 5시에 일어나 일을 시작하고

밤 10시가 되어야 집으로 돌아간다.

하루하루를 치열하게 살아가는 스무 살 사롬은

내가 만난 스무 살 중 가장 대단한 스무 살이었다.

모모 - 이 레스토랑에서 일하고 있다고 했지? 언제부터 여기서 일하기 시작한 건지 궁금해.

사롬 - 작년2009년 8월부터 일하기 시작했어. 8개월째 일하고 있는 중이지.

모모 - 여기서 일하기 전엔 어떤 일을 했어? 고등학교를 졸업하고 바로 일하기 시작한 건가?

사롬 - 음. 학교는 사실 언제 그만뒀는지 기억이 잘 안 나는데, 난 고등학교를 마치지 않고 중간에 그만뒀어. 엄마랑 함께 지내면서 다른 공부를 했지. 그리고 엄마가 운영하시는 작은 식당에서 일을 돕기도 했어.

모모 - 그럼 어머님께서도 프놈펜에 같이 살고 계신 거야?

사롬 - 아니, 가족들은 이곳 프놈펜에서 4~5시간 정도 떨어져 있는 캄보디아와 베트남의 국경 도시에 살고 있어. 모든 가족이 그곳에 사는 건 아니고 언니랑 오빠는 또 다른 도시에서 지내고 있어. 난 혼자 이곳에 와 있고.

모모 - 여기서 4~5시간이나 걸리면 자주 가는 건 어렵겠네?

사롬 - 응, 아무래도 그렇지. 많아도 1년에 두세 번 정도 가는 것 같아. 캄보디아 새해랑 중국 새해를 축하할 때, 석가탄신일 같은 국경일에 일을 쉬는데 그땐 집에 오랜만에 가는 거니까 며칠씩 있다 돌아와.

모모 - 그렇구나. 레스토랑에서 하는 일은 어때? 어떤 일을 하는지 궁금해. 요리도 하는 건 아니지?

사롬 - 웃음요리를 하는 건 아니고, 주문 받고 서빙을 해. 보통 5시에서 6시 사이에 일어나서 그때부터 일하기 시작해. 그때 시작해서 저녁 10시쯤에 마치지. 오랫동안 일하긴 해도 일이 그리 고되진 않아. 다른 식당들에 비해 환경도 쾌적하고 손님들도 술주정 부리지 않고 담배를 피우는 사람도 별로 없거든.

모모 - 오랜 시간 동안 일하느라 힘들겠다. 지금 이렇게 레스토랑에서 일하고 있긴 하지만, 어렸을 적 꿈이 뭔지 궁금해.

사롬 - 난 영어 선생님이 되는 게 꿈이었어. 어렸을 때부터 영어 배우는 걸 좋아했거든. 그리고 영어 선생님이 되면 어느 나라에서나 일할 수도 있잖아? 돈도 많이 벌 수 있고. 하지만 나에게 꿈은 그저 '꿈'일 뿐이야. 누군가에게는 꿈이 현실로 이루어지기도 하겠지만, 꿈을 꾸는 건 정말 자면서 꾸는 그런 꿈같은 일인 것 같아. 적어도 나에겐.

모모 - 꿈이 꿈으로 끝날지라도 혹시 가지고 있는 꿈이 있지 않아?

사롬 - 지금은 한국으로 일하러 가는 게 내 꿈이야. 아이돌 그룹 샤이니를 정말 좋아해. 요즘 캄보디아엔 한국에 가서 일하려고 한국어를 배우는 사람이 무척 많아. 한국에 가려면 한국말도 해야 하고, 글도 어느 정도 써야 한다고 들었어. 같은 동네에서 살던 언니 중 한 명이 5년 전부터 한국에서 일하고 있고, 친구 중 한 명은 캄보디아에서 아이들을 가르치던 한국인 선생님 도움으로 한국에서 공부하고 있어. 나도 언젠가 한국에 가서 일하고 싶어.

모모 – 한국에 오고 싶어 하는 사람이 그렇게 많구나! 혹시 직업 말고 '죽기 전에 이건 꼭 해보고 싶다!' 생각하는 것 있어?

사롬 – 글쎄. 아들 하나 딸 하나씩 낳아서 잘 키우고 가족을 위해 일하는 거?

모모 – 그럼 빨리 결혼을 해야겠네?웃음 우리 나이에 하는 건 너무 이르긴 하지만.

사롬 – 사실 우린 캄보디아에서는 그렇게 어린 나이는 아니야.웃음 나보다 한 살 어린 열아홉 살짜리 동생은 작년에 결혼해서 벌써 딸이 있으니까. 열여섯, 열일곱 살에 결혼하는 애들도 주변에 많아. 그리고 여자들은 스무 살 정도 되면 부모님께서 이제 슬슬 결혼을 하는 게 어떻겠냐고 물어보시지. 하지만 난 아직 결혼할 생각이 없어. 남자 친구가 있기는 하지만 결혼하기엔……, 결혼하는 것 자체가 많이 겁나. 물론 언젠가는 하겠지?

프놈펜에서는 도심의 숨 막힐 듯한 더위에 지쳐 멀리 돌아다니지 못하고 게스트하우스 옥상 식당에 주로 있었다. 이곳에서 밥도 먹고 음료도 마시고, 일기를 썼다. 샤롬은 바로 그 식당에서 만났다.

내가 한국 사람임을 알고 내게 말을 걸어와 한국의 아이돌과 문화에 대해 물어본 사롬은 내가 여행 중 마지막으로 만난 스무 살이었다. 마지막으로 캄보디아에서 스무 살을 한 명 정도 더 만났으면 했지만, 그렇게 가까운 곳에서 스무 살을 만나 인터뷰를 할 수 있었던 것은 행운이었다.

스무 살 사롬과 인터뷰를 한 후 방으로 돌아가면서 문득 고등학교 졸업을 두 달 남짓 남겨두고 내가 했던 생각들이 머릿속을 가득 매웠다.

여느 때와 같이 제천의 겨울바람은 눈물이 날 만큼 매서웠고 다른 친구들과 마찬가지로 언제 첫눈이 내릴지 설레며 잔뜩 기대에 차 있던 그때. 그런데 막상 첫눈이 내리던 밤 나는 친구들처럼 소리를 지르며 밖으로 뛰어나가 눈을 맞을 수 없었다.

당시 나는 열악한 노동환경과 노동자 처우 개선을 위해 자신의 몸을 불사를 수밖에 없었던 전태일 열사의 평전을 읽고 있었다. 그 책을 읽다 내다본 창밖으로는 하얀 눈이 내리고 있었고, 이내 땅을 하얗게 뒤덮었다. 겨울은 누구에게나 매섭고 힘든 계절이지만 모두에게 똑같은 의미로 다가가지 않을 것이라는 생각이 강하게 내 머리를 쳤다. 그 사실이 매우 당연한 것이었음에도 불구하고 당시 나에게는 큰 충격과 아픔으로 다가왔다. 누군가에게는 첫눈이 행복과 기쁨이겠지만 하루하루를 힘겹게 이어가는 사람들에게는 원망스러운 존재가 된다. 스무 살들과 만나면서 가끔 그때 그런 느낌의 순간들이 나를 찾아오곤 했다.

내가 경험해본 적도 없고 생각해본 적도 없는 삶을 살아가는 스무 살 사롬을 만나면서 참 대단하다는 생각이 들었다. 동시에 그동안 나는 너무 철없이 살아온 것은 아닌가 하는 생각이 들었다. 이미 내게 많은 것이 주어져 있음에도 불구하고 나는 만족하지 못하며 살아온 것 같았고, 다른 사람들은 이리도 자신의 삶을 치열하게 살아가고 있는데 나는 치열하기는커녕 열심히 살고 있지 않다는 생각이 들었다. 그리고 꿈을 꾸며, 그 꿈을 이루기 위해 노력을 할 수 있는 상황에 있다는 것이 얼마나 큰 축복인지도 알게 되었다.

스무 살이 되면 어른이 될 것이라 생각했던 다섯 살의 나는 이제 어디에도 없지만, 온전히 내 인생을 책임져야 한다는 생각만으로도 겁을 먹고 늘 피하려고만 하던 나와는 달리 사롬은 많은 것을 감당하며 살고 있었다. 그 삶이 본인이 선택한 것도 아니고 마주한 삶이 몹시 고단하고 힘든데도 불구하고 그녀는 밝게 웃으며 열심히 살아가고 있었다. 참 대단하고 멋진 스무 살.

사롬과의 인터뷰는 한국으로 돌아가는 내내, 한국에 돌아와서도 한동안 내 머릿속에서 떠나지 않았다. 꿈이라는 것은 정말 '꿈을 꾸는 것'에 지나지 않는다는 사롬의 말이 참 아프게 다가왔기 때문이었다. 꿈을 꾸는 것이 누구에게는 당연한 일이기도 하지만, 누군가에게는 엄두를 낼 수도 없는 사치스러움이라는 것을 6개월 동안의 인터뷰를 통해 겨우 배웠다. 여행을 하면서, 사람들을 만나며 많이 배우고, 많이 자랐다고 생각했는데…….

스웨덴

여행 그 후, 스웨덴으로

170일의 여행이
남긴 것

말레이시아를 여행하고 있던 어느 날, 영국에서 인지학을 공부하고 있던 언니로부터 스웨덴의 한 학교를 소개하는 메일을 받았다. 언니 역시 고등학교를 졸업하자마자 대학에 진학하는 대신 진로를 모색하다 뒤늦게 공부하러 떠난 상황이었다. 함께 자라면서 언니는 누구보다 나에 대해 속 깊은 지지를 보내고 있었다. 나에 대해 누구보다 잘 알고 있던 언니는 스웨덴의 유스 이니셔티브 프로그램Youth Initiative Program/ 이하 YIP 을 소개했다.

스웨덴을 포함한 북유럽 국가들에는 민중대학Folk High School이란 교육기관이 있는데, 보통 나이와 학벌에 큰 제약 없이 들어갈 수 있는 학교로서 자기계발에 주로 중점을 두고 많은 프로그램을 진행하고 있다. 특

여행이 끝날 때 나는 YIP에 입학한다는 새로운 희망을 갖고 돌아왔고,

곧 준비해 다시 떠났다.

히 예술, 체육 등을 포함한 다양한 과목의 특성화 학교들이 있는데 YIP
도 그런 곳 중 하나였다.

인터넷으로 학교에 대해 좀 더 알아보면서 가고 싶다는 생각이 간절해
졌다. 학교가 시골에 있다는 점과 다양한 나라에서 모인 청년들이 기숙
사에서 함께 생활하고 공부를 한다는 점이 마음에 들었다. 그리고 무엇
보다 그들과 함께 '세상을 바꾸기 위해' 공부를 한다는 것이 내 마음을 움
직였다. 늘 '더 아름다운 세상을 만드는 데 기여하는 사람이 되고 싶다'는
생각을 하면서 살아왔는데, YIP는 내가 알던 일반 대학과는 달리 자신에
대해서 배우고, 다른 사람에 대해서 알아가고, 더 나아가 우리가 살고 있
는 세상에 대해서도 알 수 있는 프로그램 같았다.

그러나 아직 여행 중이었고, 내가 계획했던 동남아 일정이 끝나면 인
도를 여행할 계획이었기 때문에 일단은 접어둘 수밖에 없었다. 그런데
태국을 여행하던 어느 날, 꿈속에서 나는 그 학교의 주인공이 되어 있었
다. 홈페이지를 통해 봤던 아름다운 스웨덴 시골마을에서 세계 각국에서
온 내 또래의 아이들과 공부하는 나는 꿈속에서 행복했다. 꿈이 어찌나
생생한지 꿈에서 깨고 난 후 나는 내가 그 학교를 정말 가고 싶어 한다는
것을 깨달았다. 나는 인도는 다음에 가고 태국 여행이 끝나면 바로 한국
으로 돌아가기로 결정했다.

스무 살에 떠나 6개월, 총 170일 동안 여행을 하는 동안 나는 어느 새
스물한 살이 되어 있었다. 까매질 대로 까매진 피부와 긴 머리칼, 여행하

며 얻은 다리 상처, 그리고 아무리 빨아도 여전히 더러울 것만 같은 옷가지들이 그 긴 여행의 흔적이었다.

한국으로 돌아오는 비행기 안에서 나의 마음은 여러 가지 생각으로 복잡했다. 여행을 무사히 잘 마치고 돌아가는 내가 기특하고, 무엇인가를 해냈다는 충만함이 있는 한편으로 처음 여행을 떠날 때의 두려움과 다른 두려움이 자리 잡고 있었다. 그러나 그 두려움은 곧 새로운 세계로의 설렘으로 변했다.

한국으로 돌아온 나는 YIP에 원서를 넣고 비자를 준비하면서 틈틈이 영어 공부를 했다. 그리고 4개월 후 스웨덴의 수도 스톡홀름행 비행기에 몸을 실었다.

세상을
긍정적으로 바꾸고 싶어 하는
청년들과 함께하다

STORY 02

내가 1년 동안 머물면서 공부를 할 곳은 스웨덴 공항에서 도착해 두 시간 정도 전철을 타고 버스를 다시 갈아타야 하는 시골 마을 이터야르나 Ytterjäna에 있었다. 한적한 마을은 따뜻하고 정겨웠다. 나와 함께 공부할 사람들은 40명. 나라는 모두 독일, 미국, 벨기에, 인도 등 18개 국에서 모였다. 세계 각국에서 모인 청년들과 함께 공부한다는 사실만으로도 나는 가슴이 벅찼다.

처음 3주 동안은 서로가 서로를 알아가고, 우리가 사는 마을인 이터야르나 마을과 사람들, 그곳의 공동체에 대해 알아가면서 틈틈이 호수처럼 보이는 바다 피오르에서 수영을 하기도 하고, 햇빛을 즐기며 세상에 대해 배울 준비를 했다.

　YIP에서는 매주 공부하는 주제가 바뀌었는데 그 주제들은 정말 다양했다. 내가 배울 과정은 '세상에 긍정적인 변화를 가져오고 싶어 하는 청년들을 위한 사회적기업가또는 활동가 양성 과정'. 이에 걸맞게 프로그램은 시민사회, 소셜 미디어, 지속가능한 비즈니스, 펀드레이징모금/기금마련, 예산&회계, 인간에 대한 연구인지학에 따른 인간의 성장과정, 퍼실리테이션 등으로 이어졌다. 뿐만 아니라 공예, 자화상 그리기, 연극&합창, 스토리텔링, 건강한 먹거리 등 예술과 생활 전반에 관한 다양한 강의들이 매주 활동가, 사회적 기업가, 예술가 등에 의해 이루어졌다. 나는 공부가 재미있다는 것을 절감했다. 어느 것 하나 흘려들을 수 없는, 그야말로 주옥같은 강의들이었다.

제각각 서로 다른 나라에서 왔지만 YIP에 온 청년들의 목표는 세상의 평화였다.

이론 공부를 하는 오전과 달리 오후에는 활동적인 수업이 진행됐다. 날씨가 좋은 계절에는 마을에 있는 농장이나 목장, 단체, 카페 등에서 일하는 커뮤니티 인게이지먼트Community Engagement가 진행되었고, 겨울에는 공예, 합창, 초상화 그리기 등 스포츠나 예술 등의 프로그램이 진행됐다.

나는 목장에서 말털을 빗거나 양털을 자르고, 소똥 치우기, 어린 송아지들을 위한 울타리 치기 등을 했다. 몸으로 하는 일이어서 익숙하지 않아 조금 힘은 들었지만, 조금이나마 노동의 즐거움을 알 수 있는 소중한 기회였다. 무엇보다 평소 잘 만날 수 없던 마을 사람들을 만나는 일, YIP에서 나처럼 1년 과정을 마친 후 마을에서 공동체 생활을 하며 다양한 일을 하고 있는 졸업생들을 만나는 것은 큰 기쁨이었다.

YIP에서의 1년 동안 내가 한 가장 멋진 일은 작곡을 하고 콘서트를 열었다는 것이다. 서울에서와 달리 나는 YIP에서 거의 매일 기타를 치며 노래를 불렀다. 스웨덴의 겨울은 지독하게 추웠는데 그래서 그런지 나와 대부분의 친구들은 우울 모드에 빠지기 시작했다. 여름엔 거의 해가 지지 않고, 겨울엔 6시간 정도만 약한 해를 볼 수 있는 나라. 그래서 겨울철이 되면 우울증에 걸리는 사람이 많다는 이야기를 듣긴 했지만 그다지 걱정을 하지 않았다.

하지만 그것은 나의 큰 실수였다. 하루하루 낮이 짧아지고, 콧속까지 얼 정도로 추운 날이 지속되면서 그 어느 것도 흥미롭기는커녕 하루하루

가 너무 힘들었다. 사람들과 24시간 함께 있지만 늘 외롭다는 생각이 들었다.

그러다 어느 날, 나는 노래를 쓰기 시작했다. 노래를 만드는 내가 신기했지만 그냥 그것이 자연스러웠다. 그날 이후 나는 노래를 만들기 위해 기타와 보내는 시간이 많아졌고 그 긴 겨우내 6곡의 노래를 만들었다. 나는 노래를 만든 것에 그치지 않고 나만의 무대를 만들어 노래를 불러보고 싶다는 생각이 들었다. 콘서트 프로젝트를 시작한 것이다. 하지만 단독 콘서트는 대관, 홍보 등 많은 문제들이 따라 결국 함께 기획하던 포럼 프로그램 중간에 콘서트를 하기로 했다.

생전 처음 나만의 무대에 섰을 때, 나는 공연히 하는 게 아닌가 하는 생각이 들었다. 무대에 서서 노래를 한다는 것이 어찌나 두렵고 떨리던

지 들고 있던 물컵이 덜덜 떨릴 정도였다. 노래를 시작하고 나서도 떨림은 멈추지 않았다. 그러나 두 곡을 부르니 어느 정도 마음이 안정되고, 노래를 부르는 것이 행복했다. 이윽고 노래가 끝났을 때 박수가 터지자 가슴이 뻐근해졌다. 무대를 내려올 때까지 들리는 박수소리를 들으며 나는 스스로 대견하고 가슴이 벅차올라 눈물이 핑 돌았다.

전 세계 18개 국에서 모인 YIP 학생들은 '세상에 긍정적인 변화를 가져오고 싶어 하는 청년들을 위한 사회적 기업가 양성과정'에 걸맞게 매주 다른 주제를 갖고 이론과 실천을 공부했다.

주도적으로 자신의 배움을 기획하고 실행했을 때 비로소 정말 자신이 원하는 것을 알 수 있다. 그러한 시도조차 해볼 기회 없이 점수에 맞춰 대학에 진학하고, 졸업장과 스펙으로 사회가 부여하는 '좋은' 회사에 들어가면 성공한 삶일까. 물론 그렇게 사는 삶이 좋지 않은 것은 아니지만 문제는 그것이 진짜 자신이 원하는 삶이 아니라 많은 '부모들이 원하는 길'이라는 것이다. 누군가는 그 길을 갈 수도 있고, 누군가는 다른 길을 갈 수도 있는 것이다. 우리는 다양성의 사회에 살고 있으며, 인간은 그보다 더욱 다양하기 때문이다. 자신이 가고 싶은 길을 고등학교를 졸업하면 누구나 다 알 수 있는 것은 아니다. 그러니 적어도 그것을 찾을 여유는 주어져야 하는 것이 아닌가.

지금 나는 가칭 '지구마을청년대학'에서 어떻게 하면 우리가 원하는 배움을 할 것인가를 위해 준비하고 있다. 지구마을청년대학의 친구들과 함께 나는 배우고 싶은 걸 스스로 찾으면서 누구에게 배울 것인가 고민하고 실제 멘토를 찾고, 프로젝트를 만들고, 학문적인 공부를 하는 등 다양한 시도를 할 수 있는 플렛폼을 만들고 싶다.

이런 것들이 잘 마무리 된 후에는 살아가는 데 꼭 필요한 인문학 공부를 더 하고 싶고, 나의 이야기를 노래로 만들어서 많은 사람들 앞에서 노래를 하고 싶다. 그리고 나에게 휴식이 되고 힐링이 되었던 인도 다람살라에 가서 살고 싶다. 티베트 난민을 위해 활동하고 있는 단체에서 자원활동을 하고 싶고, 호주의 아름다운 바다에서 스쿠버다이빙 강사로 일해보고 싶다. 그리고 그동안 너무나 운 좋게 많은 것을 받고 배웠으니 이젠 다른 사람들에게 도움이 되는 쓸모 있는 사람이 되고 싶다.

이런 이야기를 하면 사람들이 내게 묻는다.

"그래서 그걸 해서 먹고 살 수는 있나?"

먹고 사는 것, 그것이 사실 나에게도 큰 고민이고 가장 빨리 해결해야 하는 문제 중 하나이다. 내가 하고 싶은 일을 하면서 돈을 벌어 어떻게 하면 삶을 지속가능하게 할 것인가에 대한 고민은 지금도 계속되고 있다. 때로는 정말 눈앞이 캄캄하고 답답하기도 하지만, 이러한 고민을 하는 시간이 반드시 힘들기만 한 것이 아니라 나의 인생을 내가 개척해 나가는 것이라고 생각한다. 아직 나는 20대. 한 사람의 독립된 존재로서 나의 삶에 대해 고민하는 것 같아 매우 뿌듯하다. 나의 소망을 일일이 따져보면 그리 쉬운 일은 아닌 듯해 보이지만 이 모든 것들을 다 이룬 나의 모습을 상상해보는 것만으로도 나는 벌써 마음이 설렌다.

세상의 스무 살을 만나는 여행을 시작하기 전, 꿈을 좇는 것은 어렵고 현실을 직시하면서 살아야 한다는 세상 사람들의 말에 공감할 수 없었다. 꿈이야말로 현실을 살아가기 위한 가장 큰 원동력이라는 것을 나는 확인하고 싶었다. 그리고 나는 길 위에서 확인할 수 있었다. 길에서 만난 스무 살들과 수많은 삶들을 통해 꿈이야말로 삶의 가장 큰 원동력이라는 것을.

지구마을청년대학의 친구들. 우리는 '새로운 시대를 향한 작고 아름다운 변화'를 꿈꾼다.

《

아직 가야 할 길이 멀다.

삶은 여행이다.

나의 여행은 이제 다시 시작이다.